W0321621

NOÉMIE @MEUFCOCOTTE

LÂCHEZ-NOUS LA GRAPPE

DÉCONSTRUIRE LES INJONCTIONS POUR SE SENTIR PLUS LIBRE

MANGO Society

SOMMAIRE

AVANT-PROPOS

Mon cheminement féministe est singulier : il m'appartient et n'engage que moi. N'en faites ni un exemple à suivre ni une généralité. J'ai écrit cet ouvrage en tant que femme blanche cisgenre[1]. De fait, mon rapport au monde et à la société ainsi que la déconstruction que j'ai pu en faire ne sauraient être déconnectées de ma posture de personne privilégiée.

Cet ouvrage vise à exposer comment, sur le chemin du féminisme, j'ai déconstruit ce qui avait toujours été ma réalité, pour voir le monde sous un autre angle. Ce cheminement, dont l'aube me semble être hier, m'a menée jusqu'à moi-même. J'ai tout questionné, de mon rapport aux injonctions[2] à l'éducation de mes enfants. J'ai tout interrogé, de mes privilèges à la notion même de féminisme. Prenez donc ce livre comme un témoignage intime, si intime qu'il en devient politique.

J'ai eu envie de partager avec vous mon vécu en tant que fille, puis femme, dans notre société patriarcale[3], mais aussi de dresser un état des lieux de tout ce que les personnes identifiées comme femmes par la société ont à déconstruire pour tenter de s'affranchir des diktats et des injonctions sociales. J'aurais aimé que l'on me dise plus tôt que j'étais normale, que je n'avais à culpabiliser de rien, qu'il était possible de faire autrement et j'ai envie que ce livre soit celui qui vous donne confiance en vous et vous aide dans ce long et périlleux chemin qu'est celui de la déconstruction.

J'ai également à cœur de vous faire prendre conscience d'à quel point la déconstruction est un état d'esprit et en rien une liste à cocher ou un but à atteindre. La société déploie tant d'énergie à nous convaincre que nous ne sommes pas conformes, et que les injustices dont nous nous sentons victimes ne sont que les fruits de notre exagération, qu'il est parfois difficile de s'accorder à soi-même la légitimité d'être en colère et de porter nos luttes.

1. Une femme cisgenre est une personne dont le genre ressenti correspond au genre assigné à sa naissance : femme. On oppose ce terme à celui de transgenre.

2. Les injonctions sociales sont ces petits riens qui font que la vie dans notre société occidentale, patriarcale et capitaliste, est régie par des obligations, plus ou moins insidieuses, plus ou moins contraignantes, que l'on s'impose souvent inconsciemment pour se sentir conforme socialement. Les personnes identifiées comme femmes sont pétries d'injonctions sociales depuis leur plus tendre enfance.

3. « Le patriarcat est une forme d'organisation sociale dans laquelle l'homme exerce le pouvoir dans les domaines politique, économique, religieux, ou détient le rôle dominant au sein de la famille, par rapport à la femme. » (larousse.fr)

Je voudrais vous dire que non, ça n'est pas dans vos têtes, vous n'êtes ni trop ni pas assez et vous n'exagérez pas. Je vous crois !

C'est pourquoi je tiens à vous partager tout ce que j'ai pu apprendre au fil des années, tout ce que le féminisme, point de départ de mon travail, m'a permis de découvrir et d'approfondir. J'ai compris que ce que je tenais à appeler « déconstruction » allait en fait bien au-delà des injonctions liées à la beauté. Rétrospectivement, ce n'était qu'une entrée en matière.

La déconstruction, pour moi, ce n'est rien de moins que de devenir libre, de s'accorder le droit de tout questionner, de tout désapprendre pour réapprendre mieux ; c'est reconnaître que l'on ne sait pas tout, que l'on peut se tromper, et même trouver cela enthousiasmant. Déconstruire, c'est aussi accepter d'écouter les personnes concernées, même, voire surtout, si cela engendre chez nous un inconfort : c'est une étape nécessaire sur ce vaste chemin de réapprentissage.

Je n'ai pas la prétention de vous fournir des solutions clefs en main. Je vous partage humblement mon travail — des heures passées à coucher sur le papier les étapes de ma prise de conscience du système patriarcal — et mes questionnements sur le féminisme. Mon plus grand souhait est qu'en refermant ce livre, vous puissiez vous trouver puissant·e et sentir à quel point nous sommes relié·es par cet indestructible fil invisible qu'est l'adelphité[4].

4. « Du mot grec *adelphòs* (utérin), l'adelphité est synonyme à la fois de sororité et de fraternité et regroupe également, dans un même sentiment d'appartenance, les personnes non binaires qui ne se reconnaissent pas dans ces notions genrées. » (lespotiches.com)

INTRODUCTION

Avant toute chose, il est fondamental de comprendre que la déconstruction que je prône n'est pas une idéologie, mais un chemin propre à chaque personne. Elle prend à mon sens des allures d'introspection poussée, dans laquelle il est d'abord nécessaire d'identifier tout ce que la société patriarcale nous a inconsciemment appris, pour mieux s'en affranchir ensuite. C'est pourquoi j'ai eu l'idée de lancer #mongrandpasféministe sur mon compte Instagram. Ce projet consiste à recueillir des témoignages de lectrices et lecteurs, qui racontent les choses qui ont changé dans leurs vies et qui représentent pour elles et eux des grands pas féministes. L'objectif que j'avais en tête était double : je voulais qu'en partageant leurs grands pas, les personnes éprouvent de la fierté, car parvenir à formuler est un acte puissant qui a du sens pour soi-même. Je souhaitais également que l'ensemble des témoignages puissent inspirer les personnes en déconstruction, que cela leur permette de comprendre que chaque déconstruction est singulière et va à son rythme.

Ces actions ou prises de conscience féministes sont souvent très intimes et, en ce sens, je défends ce qui est pour moi une vérité absolue : **l'intime est politique quand on est une personne identifiée comme femme par la société**. J'ai reçu et reçois encore des centaines de témoignages que j'archive et mets en posts soigneusement, et je sais, à travers les nombreux retours de ma communauté, que ces récits inspirent beaucoup.

L'inspiration est un grand sujet féministe. En effet, à défaut d'avoir suffisamment de personnes à qui nous identifier dans la sphère publique (même s'il y en a de plus en plus), nous devons créer des réseaux d'inspiration mutuelle qui nous donnent de la force, en particulier les jours de découragement où le patriarcat ne laisse en apparence ni place ni espoir pour les changements que nous appelons de nos vœux. Je suis de celles qui ont déconstruit énormément en écoutant les autres personnes identifiées comme femmes raconter ce qu'elles avaient changé, certaines timidement, d'autres radicalement. J'ai ressenti tant d'émotion et de joie à les écouter expliquer ce que cela leur avait procuré ! Cette reprise de pouvoir, qui peut paraître anodine si l'on sous-estime la puissance des injonctions sociales, me fascine au point qu'elle m'a donné l'élan de me réinventer.

Nous avons besoin de cette inspiration mutuelle car, comme le remarque Coline Charpentier dans son ouvrage *T'as pensé à ?*, « personne n'a envie d'être celle ou celui qui détonne[5] ». C'est pourquoi nous devons aussi nous accorder mutuellement la plus grande bienveillance quant à la progressivité de notre déconstruction. Gardons en tête que nous faisons ce choix dans une société qui nous juge et que cela peut être un facteur de ralentissement du travail, même inconsciemment. Inspirons-nous les un·es les autres, soyons celles et ceux qui inspirent, nous avons en nous ce pouvoir, j'y crois si fort ! Si vous avez le sentiment de détonner, soyez sûr·e que de nombreuses personnes seront ravies de détonner avec vous ! **Et quand on est deux ou plus, on ne détonne plus, on change le monde !**

Déconstruire, c'est avant tout s'accorder le temps de relire sa vie à travers un autre prisme. Beaucoup de lectrices et lecteurs m'écrivent pour me dire ce qui a pu changer dans leurs vies grâce à mes posts, ce qu'elles et ils ont décidé d'oser, de s'accorder, et je dois admettre que peu de choses dans la vie ont autant de sens pour moi. Mais ce qui me fascine encore davantage, c'est la relecture du passé que la déconstruction engendre chez chacun·e d'entre nous.

C'est une chance, mais aussi parfois une aventure périlleuse, en ce qu'elle amène certaines personnes à réaliser des aspects essentiels de leur vie. C'est s'apercevoir soudain qu'il nous manquait une pièce du puzzle pour nous connaître, nous pardonner, comprendre et surtout avancer.

Le chemin de déconstruction porte en lui une ambivalence sans pareille. Il est potentiellement salvateur, certes, mais aussi très déstabilisant.

En effet, quand on commence à réfléchir profondément à ce qui nous définit, à ce qu'on est persuadé·e d'être et à décortiquer une à une ces certitudes, on entre dans un véritable processus de questionnement identitaire. Il est ainsi courant d'être déstabilisé·e sur le chemin de la déconstruction, qui se fragmente comme une pensée en arborescence.

5. ***T'as pensé à ? : guide d'autodéfense sur la charge mentale*, Coline Charpentier, Le Livre de poche, 2020.**

DÉFINITION

« La **pensée en arborescence**, ou encore la pensée globale, est une pensée abondante qui semble fuser dans tous les sens. Dès qu'une idée traverse votre esprit, elle en génère des centaines d'autres, qui à leur tour vont engendrer des sous-idées.[6] »

Ce que je cherche à vous transmettre ici, c'est que la déconstruction ne laisse pas l'ombre d'un répit à qui l'entreprend. Une injonction questionnée puis déconstruite en amène une autre et ainsi de suite. Il n'est donc pas vraisemblable d'espérer réussir à tout changer en même temps. De plus, tout le monde ne sera pas sensible aux mêmes enjeux ; nous n'aurons pas les mêmes colères prioritaires. C'est pourquoi il est totalement absurde de se comparer aux autres. Chacun·e se lance dans cette aventure avec un bagage différent et chaque déconstruction est unique.

J'ai, depuis le début de mes recherches, le sentiment de marcher sur des sables mouvants instables à souhait. Déconstruire est devenu un véritable système de pensée et je ne suis pas près d'arrêter de tout remettre en question. Alors pourquoi attendre pour écrire ce livre ? J'ai jugé que parler du chemin était plus important que l'arrivée elle-même, car je n'ai aucune idée de cette arrivée, ou plutôt je suis persuadée qu'elle n'existe pas ! Je voulais partager avec vous la tempête intérieure que j'étais en train de vivre, car je suis persuadée que nombre d'entre nous ont traversé une période de haute mer en 2020.

J'ai l'intime conviction que la déconstruction est un processus long et complexe, voire infini… Il est donc utopique de penser que je pourrais vous révéler ici le mode d'emploi précis à suivre pour y parvenir. Quand on questionne tout, quand on remet tout sur la table, cela n'est pas tout de suite libérateur, je préfère vous le dire - en tout cas, cela ne l'a pas été pour moi. C'est une quête intime et profonde à travers nos choix, nos vécus, nos préférences, notre vie dans son intégralité. Inutile de vous dire que cela prend un temps considérable et qu'il vous faudra probablement beaucoup de patience pour ressentir les

6. « Pensée en arborescence : vivre avec un cerveau en ébullition », Stefania Zarovski, penserchanger.com, 27 mai 2021

bienfaits de votre émancipation. Pour reconstruire, c'est-à-dire pour vous approcher au plus près de vous-même, il faudra vous astreindre à une bienveillance à toute épreuve, une de celles qu'on ne déploie jamais assez envers nous-même. Il sera aussi parfois nécessaire de vous autoriser à ne pas savoir, à ne pas trancher, à vous questionner. Le processus de reconstruction est un peu un entre-deux : mi-empouvoirant, mi-déstabilisant.

PRENDRE DES DISTANCES PAR RAPPORT AUX INJONCTIONS ET AUX NORMES GENRÉES DE LA SOCIÉTÉ PEUT CONSTITUER UN VÉRITABLE SÉISME IDENTITAIRE.

Mais c'est aussi, d'abord, la source d'une joie immense, conséquence de la libération d'un poids important. Je suis heureuse que vous puissiez aujourd'hui lire ces lignes. Merci d'être là, merci de me lire et bon voyage à vous !

Amour et adelphité !

01

J'AI RENONCÉ AU FAIT D'ÊTRE CE QUE LA SOCIÉTÉ ATTEND DE MOI SOUS PRÉTEXTE QU'ELLE M'IDENTIFIE COMME FEMME

UN CONDITIONNEMENT QUI S'ENCLENCHE DÈS LA PLUS TENDRE ENFANCE

Aussi loin que je me souvienne, j'ai toujours eu un sentiment de décalage. Je sentais que, pour être une fille, puis une femme, j'allais devoir inévitablement rentrer dans un moule, assumer un rôle bien défini.

Dès mon plus jeune âge, j'ai compris qu'être identifié·e comme homme ou comme femme par la société n'impliquait pas les mêmes responsabilités, les mêmes charges mentale et morale. Ma mère et mon père m'ont conçue à deux, mais ma mère était celle qui gérait tout de A à Z à la maison. Non pas que j'aie pensé un instant que mon père ne m'aimait pas, l'amour n'a rien à voir là-dedans. C'est simplement qu'il ne se sentait pas directement concerné par les tâches ménagères ni par mon éducation. Il était le papa cool à qui on peut tout demander. Par exemple, il m'a autorisée à me faire percer le nez à seize ans alors que ma mère n'était pas au courant. Il avait toujours des petites attentions, de bonnes blagues, il était impressionnant, mais ne se fâchait jamais, probablement parce qu'il s'est considéré très tôt en dehors des enjeux qu'endossait ma mère, sur qui toute la charge mentale reposait. Mon père ne se mettait pas la pression comme ma mère pouvait le faire au sujet de l'autorité et de l'éducation.

J'ai donc grandi dans un schéma très patriarcal : une mère qui courait partout en cumulant travail rémunéré et travail domestique, auxquels s'ajoutait la charge mentale immense de gérer les impératifs d'un foyer de trois, puis de quatre personnes, et un père qui, certes, travaillait aussi, mais ne s'impliquait pas du tout dans la vie de famille.

Ce que je veux dire ici, c'est que le modèle dans lequel on grandit détermine le rôle dans lequel on se projette ensuite. Je me suis donc très tôt mis en tête que j'allais devoir être comme ma mère, tout faire, être responsable de tout, penser à tout. Pire, j'ai « naturellement » intégré l'idée que tout cela était parfaitement normal, que les femmes devaient être ainsi parce que c'était leur rôle, et que les hommes étaient plus tranquilles, faisant l'économie de la pression parentale, des charges domestique et mentale, parce que c'était là leur rôle.

J'ai toujours vu ma mère prendre soin de mon père, de manière totalement disproportionnée, mais quand j'étais enfant, je ne voyais pas le problème. Quand mes parents se sont séparés, ma belle-mère a reproduit le même schéma. À titre d'exemple, un jour qu'elle était hospitalisée, nous nous sommes rendu compte que mon père ne savait ni utiliser la machine à café, ni quels médicaments il devait prendre à quel moment de la journée.

Ce schéma a défini mon rapport au monde et mon rapport aux hommes. Je me suis placée *de facto* dans la posture de celle qui devait prendre soin de l'autre, au détriment de sa propre personne.

Ce bagage n'est pas anodin et il m'a fallu des années pour comprendre que ce que j'avais expérimenté n'était pas la vérité absolue, que d'autres modèles étaient envisageables.

Des années à construire mes relations sur ce schéma biaisé, des erreurs et beaucoup de souffrances plus tard, j'ai du mal à regarder en arrière sans me dire que je suis passée à côté de ma vie pendant très longtemps.

Ce que je souhaite mettre en avant ici, c'est que le rôle dans lequel la société nous enferme a de multiples ramifications. Nous sommes élevées pour être celles qui prennent soin des autres, pour rester calmes et silencieuses et nous excuser à la moindre occasion, pour prendre moins de place, pour parler moins fort… pour être « moins », tout simplement.

MA DIFFICULTÉ À EXISTER EN TANT QUE FEMME DANS UNE CASE PRÉCONÇUE

Le patriarcat crée un cadre qui nous opprime et saupoudre le tout de stéréotypes genrés liés à la beauté. Pourquoi ? Pour pouvoir prétendre que « les femmes sont ainsi ou devraient être comme ça » et ainsi disqualifier celles qui ont l'outrecuidance d'exister autrement.

La vérité, c'est que je n'ai jamais questionné mon rapport à ma féminité avant de prendre ce que j'aime appeler « la pilule rouge du féminisme ». Avant cela, je vivais, j'incarnais mon genre tant bien que mal, je feignais d'être la fille puis la femme qui s'emparait avec élégance et naturel de tous les stéréotypes de genre liés à la beauté.

DÉFINITION

« Les **stéréotypes de genre** sont les croyances qui portent sur les caractéristiques d'une personne appartenant à un groupe. Il est question ici des groupes identifiés comme celui des femmes ou celui des hommes par la société.

Les stéréotypes ne sont pas toujours négatifs, mais sont en revanche toujours réducteurs. Ils ont souvent une connotation négative pour le groupe ciblé ou pour le groupe opposé. À quoi servent les stéréotypes ? Ils ont pour but de simplifier la réalité. Autrement dit, à l'aide des stéréotypes, on regarde les caractéristiques d'une personne et on la place *de facto* dans une catégorie qui correspond à ces caractéristiques[7]. »

7. egalitefillesgarcons.cfwb.be

Les stéréotypes de genre, vous l'aurez compris, nous poussent dès notre naissance à tenir dans une case préconçue et jamais remise en question, sous peine de ne plus correspondre au groupe auquel nous appartenons prétendument .

Les stéréotypes de genre sont également problématiques, car ils génèrent une confusion entre sexe et identité de genre. Il me faut, avant de poursuivre, vous rappeler la différence entre ces deux termes.

DÉFINITIONS

« Le **sexe** d'un individu est désigné biologiquement par les chromosomes sexuels et les organes génitaux, or l'identité de genre n'est pas forcément la même que le sexe assigné à la naissance.

L'**identité de genre** correspond au sentiment d'être un homme, une femme, les deux, aucun ou autre. Cela regroupe les attitudes et les comportements qui déterminent le rôle, et surtout, le genre de l'individu[8]. »

Si l'on observe ces définitions et que l'on prend le temps de se renseigner un peu plus sur ce sujet, il devient évident que le genre est bel et bien une construction sociale

8. tpeidentitegenre.worpress.com

FOCUS

Par opposition aux conceptions qui attribuent des traits immuables aux hommes et aux femmes en fonction de leurs caractéristiques biologiques (les hommes sont forts, dominants, doués en maths, peu habiles en communication ; les femmes ne savent pas se repérer dans l'espace, se laissent guider par leurs émotions, aiment être protégées...), les études de genre affirment qu'il n'existe pas d'essence de la « féminité » ni de la « masculinité », « mais un apprentissage tout au long de la vie des comportements socialement attendus d'une femme ou d'un homme[9] ».

Le **genre** instaure un rapport de domination dans lequel féminin et masculin sont en relation ; on peut alors parler de « processus relationnel ». Le premier problème est que cette relation est déséquilibrée : elle hiérarchise les genres à l'avantage du masculin. Le second est que, « en posant une frontière entre les deux catégories de sexe, le genre est en soi oppressif, puisqu'il n'admet pas de déviation aux normes qu'il établit[10].»

Si vous souhaitez approfondir cette question, je vous conseille le livre *Gender: a graphic guide*, de Meg-John Barker et Jules Scheele[11]. Il n'est pas traduit en français, mais contient de nombreuses illustrations rendant possible sa compréhension, même sans lire l'anglais.

Ma colère face aux stéréotypes de genre s'est encore amplifiée quand j'ai réalisé à quel point je m'étais moi-même aussi enfermée dans ces images, contre mon gré, sans le conscientiser, c'est-à-dire sans réaliser les enjeux de cette case préconçue pour moi, car identifiée comme fille/femme. J'étais comme un éléphant dans un magasin de porcelaine, craignant à tout moment que l'on découvre que j'étais en total décalage avec la situation.

9. « Définition du genre et ressources », Anne-Charlotte Husson, genere.hypotheses.org, 18 janvier 2018.
10. *Ibid.*
11. *Gender: a graphic guide*, Meg-John Barker et Jules Scheele, Icon Books, 2019.

Je m'ornais de sourires, de talons hauts et de fausses fourrures pour signifier au monde entier : « Je suis une vraie femme, regardez ! » Dans certains livres de développement personnel, j'ai pu lire qu'il suffit d'agir comme si on avait déjà quelque chose pour que cette chose vienne à vous. **Rassurez-vous si vous ressentez aussi cette espèce d'imposture, la féminité intrinsèque et « universelle » n'a jamais émergé en moi !**

J'éprouvais un double échec : celui de ne pas réussir à saisir et à incarner la féminité que je percevais chez les autres filles/femmes et celui, tout aussi dévastateur, de la colère. À cette époque, je ne trouvais pas de force dans ma colère : je rejetais profondément, viscéralement et intimement le cadre social de la féminité, tout en espérant réussir à tenir dedans.

Face à cette impasse, les lectures et recherches féministes ont changé ma vie. Si je ne m'étais pas intéressée à ces questions, j'aurais sans doute continué à feindre ma personnalité par peur de ne pas être adéquate.

J'AI INTERROGÉ ET DÉCONSTRUIT LA NOTION DE MISOGYNIE INTÉRIORISÉE

Les origines de la misogynie intériorisée

J'ai grandi et suis devenue adulte en ressentant une sorte de compétition avec les autres personnes identifiées comme femmes, sans comprendre les raisons de cette rivalité. J'éprouvais cette sensation désagréable de devoir me démarquer des autres personnes identifiées comme femmes pour exister aux yeux des hommes, et ce durant une grande partie de ma vie. Il est encore difficile pour moi d'écrire ces mots aujourd'hui. Difficile de réaliser et d'admettre à quel point le patriarcat a des implications toxiques dans nos quotidiens, sans que l'on puisse faire facilement le lien avec lui.

Je ressens pourtant aussi un sentiment confus, celui d'avoir vécu plusieurs vies. Une première dans laquelle mon objectif ultime était l'approbation des hommes de ma vie, et globalement de tous les hommes.

Et, heureusement, une seconde, dans laquelle j'ai appris à être, à apparaître au monde pour moi-même, sans avoir besoin de validation, sans que l'avis des hommes ait le moindre impact sur moi.

Cette révolution personnelle, loin d'être une passade, m'a amenée à me demander - avec toute la complexité que cela implique - qui j'étais vraiment. Il m'a fallu du temps pour comprendre que je m'étais perdue : à rechercher constamment cette validation, à me modifier pour plaire, pour paraître adéquate, je n'étais même plus capable de répondre à cette question qui donne le vertige : « Qui suis-je ? »

Dès les prémisses de cette déconstruction laborieuse, mais progressivement joyeuse, j'ai éprouvé que mon regard sur les personnes identifiées comme femmes avait changé. J'ai compris que tout ce que j'évoque précédemment : la compétition, le jugement, le besoin d'approbation... tout cela était en fait la conséquence de ma misogynie intériorisée.

DÉFINITION

Misogyne : qui éprouve du mépris, voire de la haine, envers les femmes.

Quand on regarde cette définition, il paraît difficile à croire que des femmes puissent être misogynes. Cette misogynie n'est évidemment pas comparable à celle perpétrée par les hommes cisgenres hétérosexuels de notre société. La rivalité féminine qui découle de cette misogynie intériorisée est la conséquence des rapports de domination et de pouvoir qui se jouent entre les genres depuis notre enfance.

« On enregistre qu'en tant que femme, on a besoin de l'attention et de l'approbation des hommes ET qu'il n'y a pas assez de place pour toutes, que ce soit auprès des hommes ou dans le monde du travail par exemple [...]. Dès lors, assez naturellement, les autres femmes deviennent des concurrentes[12]. »

12. Extrait d'une bande dessinée de @aboutevie sur Instagram.

Vers une bienveillance sans conditions ?

Il est possible que vous soyez vous aussi choqué·e de découvrir cette notion et vous devez certainement vous demander s'il est possible de sortir de ce mécanisme mental toxique. La réponse est oui, une fois que l'on a identifié ce ressenti et compris son origine. Il convient d'abord de ne pas s'en culpabiliser. Pour autant, il serait incohérent de ne pas travailler à sa déconstruction. Même si vous effectuez pour vous-même cette introspection avec brio, cela ne vous empêchera pas de vivre plus ou moins bien les réactions des personnes identifiées comme femmes autour de vous, qui vous sembleront parfois à l'opposé des idées féministes que vous essayez d'incarner dans votre vie et pour lesquelles vous militez peut-être. On est en droit de se demander si toutes les femmes sont féministes.

Nous vivons tous et toutes embrigadé·es dans le système patriarcal et la plupart d'entre nous n'en avons pas conscience, au départ en tout cas. Les personnes identifiées comme femmes qui comprennent soudain les mécanismes de domination dudit système et le remettent en question entament ensuite, le plus souvent, une phase de déconstruction, plus ou moins longue et poussée selon les personnes. Elles ne sont pas toutes en phase de déconstruction, ou en tout cas pas toutes au même stade. Certaines resteront peut-être même toute leur vie campées sur leurs positions, de crainte de remettre en cause un ordre établi, un carcan qu'elles peuvent juger rassurant. Imaginez que le patriarcat est comme un tuteur et que nous sommes des plantes ; si nous rejetons le patriarcat, c'est tout ce qui nous a construit·e qui est soudain chamboulé, *a fortiori* si on est hétéro. Toutes les cartes sont alors soudainement rebattues. Cela peut provoquer un véritable séisme identitaire.

Ainsi, il est vrai que certaines femmes contribuent à la diffusion d'idéologies sexistes et oppressives. Pour autant, doit-on les juger responsables au même titre que les hommes cisgenres hétérosexuels ? Non, même si elles contribuent malgré elles à nourrir le patriarcat, elles restent à mon sens victimes d'un système. Vous savez, ces femmes qui nous donnent le sentiment de nous mettre des bâtons dans les roues, qui nous apparaissent complices des hommes cisgenres hétérosexuels, qui jugent nos combats, allant jusqu'à les ridiculiser parfois…

Je vais m'appuyer sur deux exemples qui ont marqué l'année 2020. Catherine Deneuve qui, sur le plateau de l'émission *C à vous*, a pris ouvertement la défense de Roman Polanski. En quelques mots méprisants, elle a disqualifié l'ensemble des actions féministes qui avaient été menées à l'encontre du cinéaste accusé de viols sur mineures.

« Le temps a passé. » « [...] Il a déjà payé assez cher. [...] Je trouve ça d'une violence inouïe, je trouve ça totalement excessif[13]. »

Maïwenn a été jusqu'à critiquer Adèle Haenel et a elle aussi pris la défense de Roman Polanski. Elle a partagé sa vision des féministes :

« Ce sont des femmes qui n'aiment pas les hommes [...]. Moi je suis pour dire aux hommes à quel point on les aime. Il faut arrêter de dire que ce sont tous des pervers. »

Avec ces deux interventions, d'une brutalité sans détour envers les victimes d'une part, envers les militant·es féministes d'autre part, on a assisté à de parfaites illustrations de misogynie intériorisée. Quand j'ai découvert ces déclarations, ma première réaction a été une colère immense, redoutable. Ensuite, j'ai réalisé à quel point leurs paroles étaient le symbole de l'urgence à se placer du côté des dominants. Leurs prises de position condamnables représentent pour moi la matérialisation la plus crasse de la domination patriarcale. J'insiste profondément sur ces questions auprès de vous, car la bienveillance est une véritable nécessité dans les luttes féministes. Elle a sa place y compris face aux personnes victimes du patriarcat qui n'ont pas forcément les clefs de compréhension de ce système.

Aussi ambivalent que cela puisse paraître, ces personnes ne sont, à mon sens, pas responsables : elles jouent le jeu du patriarcat mais n'en retirent, contrairement aux hommes, aucun privilège si ce n'est celui de la validation.

Il est important de garder cela à l'esprit ; car sur le chemin de la déconstruction, il ne fait aucun doute que vous rencontrerez des personnes qui vous sembleront faire du surplace, voire prendre le chemin inverse au vôtre. Il vous faut toujours garder en tête, et cela avec force et conviction, que ces personnes sont dans la même galère que vous et que les juger n'a aucun sens. J'emprunte pour conclure les mots de Lauren Bastide, qui sont le fil rouge de mon engagement féministe.

13. Site de l'Agence France Presse, afp.com.

« La bienveillance et l'empathie sont les deux mots-clefs de notre révolution[14]. »

EXIT LA MISOGYNIE INTÉRIORISÉE !

« Je ne porte plus aucun jugement sur les personnes identifiées comme femmes que je croise, que ce soit concernant leurs vêtements ou leurs attitudes. J'ai compris que ces jugements n'étaient qu'une conséquence de la misogynie intériorisée. »

#MONGRANDPASFÉMINISTE

Ainsi, ma volonté de me connaître et de me célébrer a provoqué des changements en cascade, dans mon rapport au monde et aux hommes certes, mais également, et peut-être surtout, aux personnes identifiées comme femmes. Le déclic suivant a été celui de questionner mon rapport à mon corps. Je ne le savais pas encore, mais cette étape était indispensable pour retirer toutes les couches d'injonctions patriarcales qui me dissimulaient depuis toujours.

14. rtbf.be

LE DÉCLIC QUI A FAIT ÉVOLUER MON RAPPORT À MON CORPS

Le point de départ de mon questionnement concernant les injonctions liées à la beauté a été ma lecture de *Beauté fatale* de Mona Chollet[15]. Encore aujourd'hui, lorsque l'on me demande de citer un livre féministe qu'il faut absolument découvrir, c'est celui-ci que je propose. Je vous en partage la dernière phrase, celle qui a provoqué une vive prise de conscience chez moi :

« Non, décidément, "il n'y a pas de mal à vouloir être belle". Mais il serait peut-être temps de reconnaître qu'il n'y a aucun mal non plus à vouloir être. »

À travers cette lecture, j'ai réalisé à quel point je m'étais tout simplement perdue dans des injonctions qui n'avaient aucun sens pour moi et que je l'avais fait au détriment de ma confiance en moi. Je comprenais, enfin, que jamais je ne pourrais incarner cette féminité lisse et attendue et que c'était une bonne nouvelle ! Depuis toutes ces années, je cherchais à paraître au lieu d'être et je passais ni plus ni moins à côté de moi-même. Peut-être que vous vous dites que c'est un peu cliché, je lis une citation dans un livre et *bim* ! je remets en cause tout mon système de croyances. Considérez que ce système ne tenait qu'à un fil, et ce depuis quelques années déjà. Pour décrire ma déconstruction avec précision, il me faut commencer par le point de départ : mon rapport à mon corps.

LE MAQUILLAGE

J'ai commencé à me maquiller très tôt, chaque jour de ma vie, sans interruption. Il n'aurait pas été envisageable pour moi de sortir autrement. Je n'acceptais mon visage que maquillé et à chaque fois que je me regardais dans un miroir sans l'être, je posais sur moi un jugement très dur : je me trouvais moche. C'était un cercle profondément

15. ***Beauté fatale : les nouveaux visages d'une aliénation féminine*, Mona Chollet, La Découverte, 2012.**

vicieux ; personne n'a envie de se trouver moche, donc je ne pouvais tout simplement plus me passer de maquillage.

J'ai commencé à arrêter occasionnellement de me maquiller après ma lecture enragée de *Beauté fatale*. Des journées entières... surtout des journées où je ne sortais pas, je dois être honnête. Je tentais d'habituer petit à petit mon propre regard à me percevoir avec davantage de bienveillance.

La première fois que je suis allée au travail sans être maquillée, je me rappelle que j'ai eu le droit à cette remarque pas très agréable : « T'as l'air fatiguée aujourd'hui ! » Cette phrase a eu un effet retentissant sur moi, car il se trouve que, oui, j'étais fatiguée. J'ai compris que si le maquillage servait à embellir les femmes conformément aux injonctions sociétales, il pouvait aussi être utilisé pour camoufler leur fatigue. Cette idée m'a révoltée : pourquoi devrait-on dissimuler les signes naturels de notre état mental ou physique ? Pourquoi devrions-nous en avoir honte au point de les cacher ?

Cette remarque inadéquate, loin de me faire douter de ma démarche, m'a fait ranger tout mon maquillage dans une boîte que j'ai enfouie au fond d'un placard, pour tout simplement l'ôter de ma vue. C'était en 2018, nous étions en été, j'étais un peu bronzée, ça aide.

C'est à partir de là que j'ai totalement arrêté de me maquiller, et ce pendant de nombreux mois. Les gens ont cessé de me dire que j'avais mauvaise mine ou que j'avais l'air épuisée, ils s'étaient sûrement habitués à mon visage brut. Pour ma part, il a fallu plus de temps. J'ai toujours été une personne qui se regardait beaucoup dans les miroirs pour vérifier je-ne-sais-pas-trop-quoi et le fait de ne plus être maquillée m'a aidée à me détacher de ce réflexe, et donc à diminuer les occasions que je me donnais de me juger négativement.

Petit à petit, ça a marché. J'ai commencé à me trouver jolie sans maquillage. Ne pas me maquiller devenait dans mon esprit comme un aveu que je faisais au monde : celui de ma vulnérabilité.

Aujourd'hui, j'ai ressorti ma boîte du placard. Mon maquillage est là, posé sur ma coiffeuse. De temps en temps me prend l'envie d'un *smoky eyes* ou d'un trait d'eye-liner que je rate toujours avec brio. Ces jours-là, quand je m'observe dans le miroir, je me trouve belle, mais j'ai du mal à me reconnaître. Et quand je suis « trop maquillée », selon mes critères personnels bien sûr, je me trouve tout simplement ridicule et déguisée. Ce que je juge aujourd'hui extravagant n'est pourtant pas la moitié de la quantité sans laquelle je ne pouvais pas sortir il y a quelques années.

Je trouve à présent que se maquiller, ainsi que se démaquiller (l'un des trucs que je déteste le plus au monde), prend du temps et n'est pas une activité qui me procure particulièrement de la joie. Il ne s'agit pas là de dénigrer le maquillage : certaines personnes en sont passionnées, grand bien leur fasse de s'être approprié cet art avec enthousiasme pour en faire une forme d'expression. Ce n'est simplement pas mon cas, je trouve toujours mieux à faire. Ce qu'auparavant j'interprétais péjorativement comme étant de la flemme n'est peut-être tout simplement qu'une meilleure écoute de mes propres besoins.

Une partie de moi a également rejeté le maquillage pour toute l'industrie lucrative qu'il représente. Je me suis mise à ressentir de la colère face à ces richesses se nourrissant d'une seule chose : les insécurités des femmes. En effet, même si vous aimez vous maquiller, même si vous pratiquez cette activité sans ressentir la moindre pression patriarcale, il n'en reste pas moins que cette industrie existe parce que la société diffuse depuis des décennies l'idée selon laquelle un visage brut de femme n'est pas digne du monde. Le maquillage est donc à mon sens une industrie profondément patriarcale.

Je reste néanmoins persuadée que l'on peut avoir conscience de cette situation et choisir de se maquiller tout de même, car on s'empare ainsi d'une injonction en se l'appropriant à des fins d'empouvoirement, par exemple. Et qui a davantage besoin d'empouvoirement que les femmes ?

DÉFINITION

Empouvoirement est la francisation du terme anglais *empowerment*. Je n'ai pas trouvé de définition suffisamment satisfaisante pour être citée ici, mais je vais tenter de vous l'expliquer simplement. Pour moi, ce terme renvoie à plusieurs idées : le fait de travailler à se connaître davantage pour identifier ses valeurs et ses forces et les utiliser pour se réaliser, dépasser les limites (posées par la société, par exemple), sortir du cadre et puiser dans toute cette entreprise une confiance en soi grandissante.

Typiquement, dans mon cas, me passer de maquillage et réussir à me trouver belle quand même a été très empouvoirant, car c'est la preuve de ma capacité à me détacher de cette injonction. Cependant, ce qui devait arriver arriva. Pendant les quelques mois d'écriture de ce livre, j'ai éprouvé des sentiments contradictoires. Je trouve intéressant de vous les partager, car ils témoignent de la versatilité des ressentis inhérente à un cheminement de déconstruction. La déconstruction n'a rien de linéaire, il n'y est pas question de choses que l'on abandonne et que l'on s'interdira de refaire si l'envie nous prend. La déconstruction, c'est une question de liberté. C'est tout.

J'ai en effet commencé à éprouver l'envie soudaine de me remaquiller. J'ai beaucoup conscientisé mon rapport au maquillage, j'ai cherché à comprendre pourquoi j'avais fini par le rejeter à ce point-là, à porter un regard d'incompréhension parfois sur les personnes pour qui c'était une habitude ou un plaisir.

J'ai rejeté non seulement le maquillage, mais aussi tout un tas de choses épinglées comme « féminines » par la société. Après réflexion, j'en suis arrivée à penser que je les avais probablement repoussées parce que la société les cataloguait comme superficielles et futiles. J'ai donc associé tous les trucs que la société étiquetait comme féminins à des pratiques ridicules et non considérées. Là est la perversion de la société patriarcale : elle crée des injonctions liées à la beauté, mais lorsque les personnes identifiées comme femmes visées par ces injonctions s'y plient, elles sont stigmatisées pour leur futilité !

Après mes recherches et mes lectures, notamment sur le concept de genre, je suis parvenue à dissocier le maquillage et le genre féminin, ce qui a déjà été, je dois le dire, une révélation pour moi.

C'était comme si, soudain, je considérais le maquillage indépendamment du package de la féminité vendu par la société. Grâce à ce changement de regard, je ne l'ai plus perçu comme superficiel et je me suis autorisée à l'aimer à nouveau.

Je me suis aussi demandé pourquoi le maquillage, qui représente tout de même une véritable passion pour de nombreuses personnes, était considéré si négativement. La réponse que j'ai trouvée, c'est que la société, précisément en créant la case « attributs de femmes », a fait du maquillage une pratique de « bonne femme ». Ainsi, comme beaucoup de choses assimilées par la société à « l'univers féminin », il est devenu frivole, un plaisir difficile à assumer, quelque chose de superficiel en somme. Il est intéressant de faire un parallèle avec le maquillage masculin. Aujourd'hui, on assiste à une augmentation du nombre de personnes identifiées comme hommes qui se maquillent. Cela est perçu comme quelque chose d'inédit, mais il n'en est rien :

« Comme souvent en histoire, on a l'impression qu'il s'agit d'un phénomène récent alors que l'on est face à des pratiques anciennes qui ressurgissent sous de nouvelles formes [16]. »

L'histoire regorge en effet d'exemples d'hommes qui ont eu recours au maquillage pour divers motifs. On peut citer l'exemple de la Grèce antique, durant laquelle le maquillage était surtout utilisé pour ses vertus médicinales. À la Renaissance en revanche, il permettait aux hommes, comme aux femmes d'ailleurs, d'exprimer leur statut social. Les hommes vikings, quant à eux, utilisaient le maquillage pour se protéger du soleil, mais aussi comme peinture de guerre. Comment et pourquoi donc le maquillage est-il devenu une injonction aliénante pour les femmes et une pratique stigmatisante pour les hommes ? Le capitalisme et l'arrivée massive des femmes dans le monde du travail sont responsables de son objectivation.

En effet, dès le XIXe siècle, les femmes ne sont plus une main-d'œuvre d'appoint, même si « la mixité est exceptionnelle, voire tabou. Les exclusions professionnelles sont nombreuses. Elles sont liées à l'exclusion des femmes des droits civiques, à leur infériorité face à l'éducation et à leur statut dans la famille [17]. » Naomi Wolf, dans son ouvrage *Quand la beauté fait mal*[18], explique qu' « il ne faut pas sous-estimer le traumatisme causé par l'arrivée massive des femmes occidentales sur le marché du travail. Les prouesses esthétiques que l'on exige d'elles sont une manière de leur faire payer leur audace, de les remettre à leur place [19]. »

16. « Les hommes et le maquillage, une démocratisation difficile », Anne-Marie Granet-Abisset, lexpress.fr.
17. « Les trois temps de l'emploi féminin : réalités et représentations », Catherine Omnès, *L'Année sociologique* 2003/2 (Vol. 53), cairn.info.
18. *Quand la beauté fait mal : enquête sur la dictature de la beauté*, Naomi Wolf, First, 1991.
19. *Beauté fatale : les nouveaux visages d'une aliénation féminine*, Mona Chollet, La Découverte, 2012.

C'est ainsi que le capitalisme, dans un sursaut conservateur, s'est mis au service de ce *backlash*[20]. Les objectifs ? Contrôler le corps des femmes et les maintenir dans une position de faible estime d'elles-mêmes, ce qui a pour conséquence directe de diminuer leur capacité à demander une augmentation ou à postuler pour un emploi mieux rémunéré par exemple.

On comprend dès lors très bien pourquoi le maquillage masculin n'est pas socialement accepté. Il n'incarne aucun enjeu patriarcal de pouvoir et de domination, ce qui l'oppose foncièrement au maquillage féminin. C'est là tout le paradoxe : nous vivons actuellement une période clef, où les frontières du genre n'ont jamais été aussi poreuses, ce qui explique à mon sens la plus grande liberté prise par les personnes identifiées comme hommes de se maquiller. Cependant, la société patriarcale capitaliste résiste : le maquillage doit rester coûte que coûte une injonction faites aux femmes, car l'aliénation est un privilège féminin !

Le processus de déconstruction implique de s'interroger sur les raisons qui nous poussent à nous soumettre à des injonctions, mais cela ne suffit pas. La colère que cette déconstruction génère peut nous pousser à rejeter en bloc tous ces diktats et c'est légitime évidemment ; mais il nous faut, je pense, travailler à comprendre pourquoi précisément nous souhaitons les abandonner. Est-ce parce que la société nous dicte que c'est futile et que l'on n'a pas envie d'être assimilé·e à cette futilité, ou parce que notre engagement symbolique envers nous-même sur le chemin de la déconstruction nous enferme dans une sorte de radicalité ? Nous maquiller, nous teindre les cheveux… et si tout cela nous procurait de la joie ? Ne perdons pas de vue notre liberté !

Quelques conseils pour vous qui souhaitez peut-être vous passer de maquillage sans y parvenir :

- Faites d'abord des pauses, commencez par ne plus vous maquiller chez vous, puis pourquoi pas pour acheter du pain… Vous savourerez vite l'aspect « sans contrainte » du *no make-up*.

20. Le site larousse.fr traduit *backlash* par « contrecoup ». Dans le cadre du féminisme, on emploie également l'expression « retour de bâton » pour faire référence à des « réactions conservatrices à un changement social et politique progressiste. » (erudit.org) Le livre de Susan Faludi fait référence sur la question du *backlash* dirigé contre les féministes : *Backlash, la guerre froide contre les femmes*, Éditions des femmes, 1993. Le *backlash* vise à faire comprendre aux militantes féministes que « le chemin qui conduit les femmes vers les sommets ne fait que les précipiter, en réalité, au fond de l'abîme. »

- Si vous avez pour habitude de vous maquiller beaucoup et que vous souhaitez vous en passer sans y parvenir, vous pouvez peut-être commencer par un maquillage plus *nude* pour habituer progressivement votre regard.
- Gardez en effet à l'esprit que le regard que vous posez sur vous n'est qu'une question d'habitude. Nous avons peu de représentations de personnes identifiées comme femmes par la société qui ne portent pas de maquillage. Il est normal que, dans un premier temps, nous ayons le sentiment qu'il nous embellit et qu'en ce sens, nous en ayons besoin pour nous sentir joli·es et conformes.
- Allongez petit à petit le temps durant lequel vous ne portez pas de maquillage et vous verrez : il y a de fortes chances pour que votre regard sur vous-même évolue positivement !

JE NE ME MAQUILLE PLUS

« Je vais au travail sans être maquillée. J'ai décidé de ne plus me soucier des remarques problématiques du genre "tu as l'air fatiguée". Je le suis peut-être, et pourquoi devrais-je en avoir honte, au point de cacher cette réalité au monde ?

Pour moi, sortir sans maquillage est un acte très puissant, comme si j'offrais au monde ma vulnérabilité la plus brute. »

#MONGRANDPASFÉMINISTE

LES POILS

S'affranchir de l'injonction à l'épilation reste, à mon humble avis, le pas le plus complexe à franchir. Pourquoi ça ? La société associe fondamentalement les poils à la masculinité, c'est pourquoi peu de personnes qui ne s'identifient pas comme hommes osent remettre en cause cette esthétique. Les poils sur les femmes sont connotés négativement, ils renvoient à un manque de soin, un laisser-aller, voire pire, un manque d'hygiène. À l'inverse, les poils sur les hommes sont perçus positivement et renvoient à la notion de virilité.

Revenons-en aux bases : pourquoi les adultes ont-ils des poils ? Les poils apparaissent avec la maturité sexuelle, et ce quel que soit le genre. Ainsi, l'argument selon lequel les poils des personnes identifiées comme femmes seraient sales et inadaptés ne reste qu'une idée socialement construite pour asseoir une fois de plus la domination patriarcale.

Là, vous devez vous demander pourquoi, si c'est si simple, le poil a à ce point mauvaise réputation. Pour comprendre, il faut s'intéresser à ce que représente un corps glabre. Un corps sans poil symbolise la jeunesse (ou plutôt l'enfance, car les poils peuvent commencer à pousser vers douze ou treize ans) et la jeunesse symbolise l'obéissance. Autrement dit, tout ce que la société attend des personnes identifiées comme femmes. Marine Périn, sur sa chaîne YouTube *Marinette-femmes et féminisme,* explique cela merveilleusement dans sa vidéo « ÉDITO- Les poils des femmes ».

La société attend des personnes identifiées comme femmes qu'elles restent lisses et douces toute leur vie, à l'image d'enfants. Ce mécanisme d'infantilisation en dit long sur les rouages du patriarcat.

Aujourd'hui, de plus en plus de personnes assument leurs poils, certaines sans complexes, d'autres plus timidement. Je trouve important qu'elles témoignent, se montrent, militent sur le sujet, car nous manquons encore cruellement de représentation. Je les admire, je les trouve très *badass*[21], d'autant plus que je n'y parviens pas moi-même. J'ai tout de même réussi à faire la paix avec ce sentiment désagréable de n'avoir pas déconstruit cette question. Déjà, ça viendra peut-être, j'ai conscience que certains aspects d'une déconstruction peuvent prendre du temps. Et puis, si je suis réaliste, on ne peut pas forcément tout déconstruire. On ne doit pas culpabiliser pour ça !

21. *Badass* peut se traduire par *dur·e à cuire*.

Les poils d'aisselles tondus court ne me posent aucun problème. En revanche, les poils de jambes, je trouve cela très laid sur moi, impossible de les assumer dehors. Je ne m'autoflagelle pas de ressentir cela, mais je suis convaincue en revanche que ce sentiment est une conséquence directe du manque de représentation, notamment dans les magazines, les médias... La société est responsable du sentiment de dégoût face aux poils éprouvé par les personnes identifiées comme femmes. Je voudrais que nous ayons véritablement le choix ! Je voudrais que nous puissions garder nos poils sans que les gens n'en fassent une affaire d'État.

Même si je n'ai pas cessé de m'épiler, je refuse de souffrir, de perdre du temps et de l'argent pour retirer mes poils. Cette notion de temps revient constamment dans mon cheminement de déconstruction. Toutes ces injonctions auxquelles on nous enjoint à nous plier prennent un temps considérable, qui de fait ne peut être consacré à faire autre chose, à réfléchir à nos projets, à questionner la mise en place de nos luttes.

Alors, comment faire pour réussir à vivre de manière épanouie avec nos poils dans une société où l'écrasante majorité des personnes jugeront notre choix ?

Si vous hésitez encore à vous lancer, voici quelques pistes :

- Commencez par la partie du corps qui vous pose le moins de problèmes. Cela peut être pour certain·es les aisselles (cela a été mon cas), pour d'autres les jambes... Essayez de ne plus vous épiler et voyez ce que vous ressentez.
- Vous pouvez tondre court plutôt que de raser ou d'épiler. Vous verrez ainsi avec plus de précision ce que vous aimez, jusqu'à quelle longueur vous vous sentez bien, etc.
- Gardez à l'esprit que vous n'êtes pas obligé·e de choisir entre tout épiler ou ne rien épiler ! C'est la notion de choix qu'il est important d'interroger. Personne n'a le droit de questionner vos choix, sous prétexte que vous avez décidé de ne plus vous épiler les aisselles ou les jambes, ou les deux. Toutes les combinaisons sont possibles et sont, je le rappelle, propres à chacun·e. C'est le principe de la déconstruction !
- Si le regard des autres vous pose problème, vous pouvez y aller progressivement : d'abord, commencer par oser montrer vos aisselles

poilues, mais pas vos jambes, ensuite peut-être dévoiler vos jambes dans un endroit où vous vous sentirez complètement *safe*, et ainsi de suite. Il est important que vous vous écoutiez le plus possible.

- Vous allez aussi peut-être comprendre que, même si l'épilation vous saoûle, vous n'avez pas envie d'arrêter parce que vous n'arrivez pas à passer outre le regard des autres ou votre propre regard, ou parce que vous ne parvenez pas à trouver vos poils adéquats et légitimes, malgré vos différentes tentatives. C'est totalement OK, c'est votre choix, votre cheminement. Vous n'avez pas besoin d'avoir des poils sous les bras pour être un·e féministe *badass*, croyez-moi ! Ce n'est qu'un cliché supplémentaire !

LE *NO BRA*

J'ai commencé à porter des brassières très tôt, vers huit ans, et de véritables soutifs vers onze ans. Je ne me souviens pas d'avoir ressenti une quelconque pression à ce moment-là ; j'en avais juste très envie. Cette « envie » est intéressante à questionner. Je pense que cet accessoire faisait partie pour moi du package « jeune femme reconnue dans la société ». J'avais un sentiment de fierté absolue à en porter ; je me sentais plus grande, plus femme. Soyons honnêtes, je n'en avais absolument pas besoin. En réalité, je n'en ai même jamais eu besoin puisque cela fait aujourd'hui cinq ans que je n'en porte plus. J'ai arrêté comme ça, un jour, sur un coup de tête, pendant les vacances scolaires. Je suis enseignante, j'ai donc plusieurs semaines de congé l'été et ça m'a paru le moment idéal pour ranger mes soutifs au placard.

Vous vous demandez sûrement ce qui a motivé cette envie. Je vais être la plus honnête possible. Les soutiens-gorge ont toujours été pour moi synonymes d'inconfort, voire de douleur, au point que le retirer était souvent la première chose que je faisais en rentrant chez moi. Je me rappelle avoir verbalisé cette douleur avec de nombreuses autres femmes de mon entourage, mais leurs réponses étaient toujours peu ou prou les mêmes : « Tu ne portes pas le bon soutien-gorge. » À aucun moment il n'a été envisagé que je puisse purement et simplement ressentir un inconfort, au point d'avoir parfois du mal à respirer. Le problème venait inévitablement de moi.

Ce qui ne devait être au départ qu'un test est devenu un mode de vie. Passé cet été libérateur, je n'ai plus jamais été capable d'en porter. J'ai découvert la respiration à pleins poumons, ce qui n'a pas de prix lorsque l'on est sujette aux crises d'angoisse. Je suis parvenue à un confort auquel je ne pourrai renoncer pour rien au monde.

Le capitalisme nous invente de faux besoins qui nous oppriment. On entend beaucoup que les soutifs empêchent les seins de tomber. *Spoiler alert* ! Ils tomberont quoi qu'il arrive. Je peux même affirmer aujourd'hui, avec le recul de cinq ans de *no bra*, que c'est tout l'inverse qui se produit. Mes seins ont changé de forme au fil des années et, incroyable mais vrai, ils sont légèrement remontés. De nombreuses autres personnes ont observé le même phénomène. Lorsque j'ai posé la question en story sur mon compte Instagram, 72 % des personnes pratiquant le *no bra* depuis plus de deux ans avaient remarqué la même chose !

Malgré tous ces avantages, je peux totalement comprendre que se passer de soutien-gorge puisse être difficile. Je vais vous donner ici quelques conseils qui m'ont aidée :

- Vous pouvez commencer par ne plus en porter sous des vêtements très amples, afin que personne ne puisse deviner votre gêne.
- Porter un débardeur sous un vêtement plus moulant aidera à éviter que les seins ne se baladent si c'est ce point précis qui vous met mal à l'aise.
- La vue du téton peut également vous gêner, j'ai porté pour ma part des cache-tétons en silicone pendant de nombreux mois. En effet, je ressentais clairement une honte que l'on puisse voir mes tétons à travers un vêtement ; j'avais le sentiment erroné que ça revenait à montrer mes seins.
- Je ne suis pas grosse, je n'ai pas non plus une forte poitrine, aussi, je ne mesure pas toutes les implications du *no bra*. J'ai donc voulu recueillir des témoignages de personnes concernées sur mon compte, afin de pouvoir vous livrer ici une tendance la plus proche possible de la réalité. J'en suis arrivée à la conclusion que de nombreuses personnes ayant une forte poitrine étaient dans l'incapacité de pouvoir pratiquer le *no bra*. J'ai reçu de nombreux témoignages évoquant des douleurs d'épaules, de dos, mais également au niveau des pectoraux. On m'a également parlé d'un problème majeur lié

à la transpiration sous les seins, un désagrément auquel je n'avais pas pensé un seul instant. Tout cela pour dire que oui, si vous avez une forte poitrine, il se peut que le *no bra* ne vous convienne pas et cela n'est en aucun cas un échec.

- Le plus important : s'écouter. Ne vous forcez pas à ne pas en porter dans telle ou telle situation si vous ne le sentez pas, car vous perdrez tout le bénéfice de cette action. Vous ne vous sentirez pas libre, mais contrainte face à une injonction à laquelle vous ne croyez plus et que vous aurez voulu déconstruire, peut-être, trop rapidement.

Par exemple, j'ai mis plus longtemps à déconstruire la problématique du téton, mais j'y suis parvenue ! Il est vrai que dans le cadre professionnel, j'y fais encore attention. Non pas que je trouve que la vue de tétons soit non professionnelle, c'est juste que je fais en sorte de toujours écouter mes ressentis et de ne pas me mettre dans une situation où je me sentirais vulnérable et mal à l'aise. Le reste du temps, je n'y fais plus du tout, mais alors pas le moindre instant, attention. Je me sens beaucoup mieux et plus libre dans mon corps. Je porte tout de même la plupart du temps un débardeur sous mes vêtements, notamment parce que certains tissus peuvent être irritants pour les tétons. C'est pour moi le compromis idéal. Peut-être que, pour vous, cela sera les brassières, beaucoup moins contraignantes, mais rassurantes... Il y a autant de déconstructions que de personnes qui empruntent ce chemin.

MES POILS ET MES SEINS QUI BOUGENT NE SONT PLUS DES COMPLEXES

« J'ai quinze ans et je me suis remise à porter des shorts, des jupes, des robes et des crop tops dans le bus ou dans le métro, alors que je ne me suis pas épilée depuis des mois et que je pratique le no bra. »

#MONGRANDPASFÉMINISTE

LES CHEVEUX BLANCS

J'ai trente-six ans et j'ai déjà compris à mes dépens que la société ne tolère pas le vieillissement des personnes de la même façon, selon leur genre. Je vais ici employer les termes *hommes* et *femmes* pour désigner les personnes identifiées comme hommes ou femmes par la société.

Deux ouvrages de grande qualité ont nourri ma réflexion sur ces sujets : *Sorcières* de Mona Chollet[22] et *Une apparition*[23] de Sophie Fontanel.

J'ai eu mon premier cheveu blanc à vingt-cinq ans, après la naissance de mon fils. À cette époque, je me teignais les cheveux. Si par malheur

22. *Sorcières : la puissance invaincue des femmes*, Mona Chollet, La Découverte, 2018.
23. *Une apparition*, Sophie Fontanel, Robert Laffont, 2017.

je voyais un cheveu blanc apparaître en racine, je m'empressais de l'arracher à la pince à épiler. C'était totalement un réflexe, je n'ai pas le souvenir d'avoir questionné cela, il fallait qu'ils disparaissent, point.

J'ai progressivement cessé les colorations chimiques, car je souhaitais quelque chose de naturel pour mes cheveux. Je suis donc passée au henné en deux temps. Pour celles et ceux qui ne connaissent pas, cela consiste à appliquer un henné naturel dans un premier temps : le résultat obtenu est alors un peu orangé. Dans un second temps, après avoir rincé le précédent, on applique un henné indigo afin de couvrir de manière optimale les cheveux blancs. Si cela vous paraît compliqué et long, je ne vais pas vous le cacher, vous avez raison ! J'ai pourtant fait cela pendant de nombreux mois avant d'envisager véritablement la possibilité de conserver mes cheveux blancs. C'est une vidéo sur YouTube qui a changé ma vie. Oui, je sais, ça fait un peu cliché dit comme ça, mais c'est exactement ce qui s'est produit.

Cette vidéo était un *beauty talk* sur la chaîne de Mai Hua, avec comme personne interviewée la remarquable Sophie Fontanel. Elle y témoigne de son rapport aux cheveux blancs depuis qu'elle a pris la décision d'arrêter les colorations, suite à de nombreuses années de teintures faites par ses soins. Elle nous parle de cette femme qu'elle a croisée à Los Angeles, qu'elle a trouvée, je cite, « belle à crever » avec ses longs cheveux blancs. Elle nous partage brièvement l'échange qu'elles ont eu, le conseil que lui a donné cette belle inconnue :

« Ne plus rien faire du tout. »

Les mots de Sophie Fontanel sont d'une puissance infinie. Elle explique qu'au lieu de se contenter de trouver les personnes aux cheveux blancs belles, elle a pris la décision de s'offrir ce plaisir : les assumer elle aussi. Elle partage tout simplement la joie que cela lui procure de s'autoriser à conserver ses cheveux blancs. Elle aborde l'amalgame qui est malheureusement souvent fait entre le manque de soin et les cheveux gris ou blancs. D'ailleurs, j'adore sa phrase :

« Il y a un soin immense que l'on apporte à sa personne en se laissant les cheveux blancs. »

Toute la vidéo est absolument enthousiasmante et inspirante, notamment la partie sur son rapport aux hommes et à la séduction… Bref, je vous la conseille du fond du cœur si vous avez envie d'arrêter les colorations, mais que vous avez besoin de vous sentir légitime et d'avoir davantage confiance en vous.

Je vous conseille tout autant son roman, évoqué plus haut. C'est bel et bien lui qui a achevé de me convaincre. Il y a eu la lecture de cet ouvrage et l'émergence d'un sentiment profond d'injustice patriarcale. C'est vrai, pourquoi les hommes arborent-ils des cheveux blancs et gris à tout âge et reçoivent-ils des éloges dithyrambiques la plupart du temps ? Pourquoi les femmes sont-elles stigmatisées, considérées comme étant négligées, voire… périmées ? Pourquoi dit-on des hommes aux cheveux grisonnants qu'ils embellissent en vieillissant, mais des femmes à la chevelure poivre et sel qu'elles se laissent aller, ou pire encore, qu'elles ont renoncé à la séduction ? Je me suis mise à penser que j'avais envie, moi aussi, de m'accorder ça, j'en avais marre de prendre autant de temps à me colorer les cheveux, marre d'acheter du henné qui venait de loin pour un résultat passable qui durait deux semaines maximum. Je ne ressentais plus aucune joie à faire cela, alors j'ai décidé d'arrêter. C'est jeune, trente-trois ans, pour avoir des tas de mèches blanches, et ma mère m'a souvent dit que je serais plus jolie si je les colorais, mais je crois que j'ai fini par en faire une affaire de principe ! C'est comme ça, la colère contre le patriarcat fait que, parfois, on fait les choses par rébellion, tout simplement.

J'aime au contraire le contraste que mes cheveux blancs apparents provoquent. Avoir trente-six ans et des cheveux blancs, pour moi, c'est dire au monde : « Je sais où je vais, j'ai capté que le temps passe et j'ai mieux à faire que de dissimuler ses effets. »

Le côté négatif de l'arrêt des colorations est que, parfois, j'ai envie de changer de tête. Mais colorer mes cheveux pour un *relooking* impliquerait ensuite des mois de patience pour retrouver mes jolis fils argentés sur toute la longueur. Alors je m'abstiens pour le moment, mais qui sait…

Quand j'ai entrepris cette phase de ma déconstruction, de nombreuses personnes de mon entourage ont questionné leur rapport à la beauté et spécifiquement aux cheveux blancs. Cet arrêt des colorations était un choix intime, mais il avait l'allure d'un grand pas féministe et politique. C'était quelque chose d'inspirant pour les gens et j'ai ressenti une immense fierté de pouvoir aider d'autres personnes à sauter le pas en prenant confiance en elles.

Voilà quelques conseils si vous souhaitez vous aussi arrêter les colorations :

- Passer aux colorations naturelles m'a aidée à accepter petit à petit la texture de mes cheveux. J'ai le sentiment que cette étape m'a menée paisiblement jusqu'à l'arrêt total des couleurs.
- J'ai progressivement coupé mes cheveux pour supprimer l'effet racine, afin d'obtenir le plus rapidement possible un résultat homogène (car c'était mon objectif, cela dépend bien sûr de vos aspirations).
- Ayant les cheveux bouclés, j'ai vite remarqué que la texture de mes cheveux blancs était radicalement différente de celle de mes cheveux encore bruns : les blancs étaient beaucoup plus secs. J'ai donc orienté ma routine capillaire vers des produits plus nourrissants. Aujourd'hui, j'ai réussi à gommer cette différence de texture, qui était tout de même une sorte de complexe pour moi. Cela doit bien sûr dépendre du cheveu de base. Si vous avez les cheveux raides, vous ne connaîtrez peut-être pas ce problème.
- Que les choses soient claires : si vous avez envie de vous colorer les cheveux, si cela vous met en joie, si vous vous trouvez beau ou belle ainsi, si vous imaginer avec des cheveux blancs vous déprime profondément, n'en faites pas un échec ! Écoute vos envies, vos préférences, soyez bienveillant·e envers vous-même. Tout ce que j'ai raconté plus haut, tous les conseils que je donne, sont adressés aux personnes qui éprouvent ce désir de ne plus teindre leurs cheveux.

Je garde ma couleur naturelle

« J'ai arrêté les colorations et j'assume enfin mes cheveux blancs. Pourquoi est-ce considéré comme sexy chez un homme (coucou Georges Clooney), mais comme un marqueur d'âge péjoratif chez une femme ? La révolution est en marche ! »

#MONGRANDPASFÉMINISTE

UNE APPROPRIATION DE MA LIBERTÉ JUSQUE DANS MES VÊTEMENTS

Les injonctions patriarcales qui pèsent sur les personnes identifiées comme femmes vont encore plus loin que la sphère de la beauté corporelle. Toutes sortes d'attentes, de pressions sous-jacentes, existent également concernant les tenues vestimentaires.

J'entends par là tout simplement que la société a une idée préconçue de la manière dont doit s'habiller une femme. Ce carcan enferme et limite une fois de plus les personnes identifiées comme telles en les privant parfois de liberté dans l'expression de leur personnalité. Considérez donc que l'étiquette « fille/femme » créée par la société est une sorte de *to do list* géante, dans laquelle plus on coche de cases, plus on est légitime.

Lorsque j'étais adolescente et jeune adulte, je ressentais énormément de pression concernant ma tenue vestimentaire. J'avais la sensation profonde qu'il fallait porter tel ou tel vêtement ou paire de chaussures pour être une « vraie fille/femme ». Pour moi, clairement, l'habit faisait le moine. Je me contraignais, par exemple, à porter des talons ou des pantalons moulants alors que je me sentais vraiment mal à l'aise.

Avec le recul, j'ai pu identifier un processus totalement pervers : à avoir si profondément intériorisé qu'une femme devait porter tel ou tel vêtement, on peut en venir à se sentir encore plus mal de se forcer à les porter et donc accroître notre sentiment d'illégitimité.

Je me sentais parfois tout simplement déguisée, ridicule : ce n'était pas moi et l'image que je souhaitais renvoyer m'apparaissait totalement ratée. Il n'y avait aucun bénéfice à se parer de ces atours.

Quelques éléments de déconstruction plus tard, j'ai enfin accepté que je ne porterais plus JAMAIS de talons et que certains vêtements me mettaient mal à l'aise lorsque je me regardais dans le miroir. J'ai cessé d'être réceptive à une image possiblement *upgradée* de moi (les fameux « Tu pourrais être tellement plus belle si tu... ») quand c'était à des années-lumière de ma personnalité profonde.

Car finalement oui, il était là, le problème ! Les injonctions idéologiques qui pèsent sur les personnes identifiées comme femmes les enferment dans une quête d'elles-mêmes perdue d'avance.

Puisque la société ne reconnaît qu'un seul modèle, on court après cet « idéal », malgré notre dualité et notre rejet, au lieu de travailler à écouter et à accepter nos propres aspirations et personnalités.

Aujourd'hui, je ne m'interdis plus rien. Je ne comprends pas que les vêtements soient genrés : je porte ce que je veux, quand je veux, je choisis mes habits dans le rayon que je veux. J'ai longtemps perçu le shopping comme une immense contrainte morale et même physique. Aujourd'hui, je vois pleinement cette activité comme un moyen de prendre soin de moi et de me faire du bien au moral et au corps.

En bref, je n'essaye plus de ressembler à une personne que je ne suis pas. Je suis et j'existe dans mes vêtements, mais ils ne me définissent pas. Au mieux, ils me précisent. Ils disent des choses de moi et je crois que ces choses sont importantes. Selon la société, ils transmettent que le soin n'est plus dans mes priorités ; je n'ai pourtant jamais arrêté de prendre soin de moi, au contraire, j'ai commencé à le faire. Encore une fois, dès l'instant où une personne identifiée comme femme ne présente pas la panoplie complète de la « vraie femme », elle devient critiquable. Je n'ai en rien renoncé à quoi que ce soit, contrairement à ce que je peux lire dans les magazines « féminins », si ce n'est à feindre d'être une personne que je ne suis pas.

J'ai le sentiment d'avoir déconstruit le fait que mes vêtements devaient incarner mon genre coûte que coûte, chaque jour de ma vie. Une fois qu'on a compris et intégré que le genre n'était qu'une construction sociale, on remet énormément de choses en perspective !

Prendre la liberté d'associer des vêtements dits « masculins » et des vêtements dits « féminins » m'a totalement permis de laisser libre cours à l'expression de ma personnalité.

Cela reste mon cheminement personnel, il n'est sans doute pas fini, comme pour tout un tas d'autres problématiques ; il serait maladroit et lacunaire de dire « ça y est, je suis déconstruite sur cette question ». Être à l'écoute de soi, c'est aussi accepter que ce que l'on pense aujourd'hui est totalement voué à changer, peut-être même dès demain.

Quelques pistes pour vous réapproprier votre style vestimentaire à la lumière de votre déconstruction :

- N'hésitez pas à élargir le champ des possibles dans les boutiques que vous aimez fréquenter. Elles sont organisées de façon genrée et binaire, mais envoyer valser ces injonctions peut être une précieuse source de créativité et d'expression de soi. Prenez le temps d'essayer de nouvelles choses, dans les rayons étiquetés masculins, par exemple, ne vous interdisez rien et voyez ce que cela vous procure.
- Non seulement je vous conseille de ne pas vous cantonner au rayon que l'on désigne pour vous, mais je vous suggère aussi ceci : pourquoi ne pas mixer les pièces identifiées comme masculines et féminines ? Le résultat peut tout simplement être incroyable !
- Votre confort compte ! Si vous aimez prendre de la hauteur, mais que vous ne vous sentez pas à l'aise avec des talons, vous pouvez essayer les compensées, par exemple.
- Allez faire un tour en friperie ! Ces dernières années, l'offre de vêtements de seconde main a considérablement augmenté pour des raisons économiques, écologiques mais surtout, humaines.

FOCUS

D'une part, l'industrie de la mode est l'une des industries les plus polluantes de la planète (1,2 milliard de tonnes de gaz à effet de serre par an, soit plus que les vols internationaux et le trafic maritime réunis, selon qqf.fr). D'autre part, les multinationales de la *fast fashion* (mode rapide, jetable, basée sur l'hyperconsommation) exploitent des êtres humains dans des conditions profondément indécentes pour pouvoir proposer un prix de vente toujours plus bas. L'industrie de la mode est donc synonyme de souffrances à bien des égards. La seconde main permet l'accès à des vêtements moins onéreux, il peut donc être plus facile pour vous d'essayer des styles différents à moindres frais.

Depuis trois ans, je ne m'habille qu'en friperie et cette nouvelle passion de chiner m'a vraiment aidée à trouver le style qui me faisait me sentir en équilibre avec moi-même. Quand on est une personne grosse, s'habiller en friperie peut toutefois se révéler éprouvant. L'offre de vêtements de grande taille est très insuffisante. Si vous êtes concerné·e, je vous conseille le compte Instagram @lagrande-fripe, qui est tenu par Noëmie. Elle propose sur son compte Vinted[24] des vêtements de seconde main à partir de la taille 42.

- Vous craignez peut-être de détonner, que votre style soit remarqué et jugé, car il ne rentre pas dans les normes. N'oubliez jamais ceci : tant que vous vous sentez en accord avec votre personnalité profonde, vos choix de vêtements ne feront que sublimer votre singularité.
- Tous les vêtements vous vont ! *Exit* les conseils douteux de Cristina Córdula : peu importe votre corps, portez ce qui vous fait envie, sans tenir compte des « conseils » réducteurs et souvent grossophobes[25] des magazines féminins. Une seule recommandation sans modération : OSEZ !

24. Vinted est un e-commerce entre particuliers (ou de marques à particuliers) de vêtements, chaussures, accessoires (et bien d'autres choses au fil du temps) de seconde main. Les prix sont véritablement abordables.
25. Grossophobie : voir définition p. 136.

MON CONFORT AVANT TOUT

« J'en ai marre d'avoir le sentiment de me déguiser pour sortir. J'ai donc décidé d'aller en boîte en baskets ! »

#MONGRANDPASFÉMINISTE

Une étape logique, quand on commence à réfléchir au rapport que l'on a à son corps, c'est d'interroger les normes qui verrouillent physiquement notre rapport à l'autre. La sexualité ne déroge évidemment pas au système de domination patriarcale, ce qui n'est pas sans conséquences pour les personnes identifiées comme femmes.

LA SEXUALITÉ, UN MONDE À DÉCONSTRUIRE

LES CONSÉQUENCES INDÉLÉBILES DE L'INSUFFISANTE ÉDUCATION AU CONSENTEMENT

Je n'ai de cesse de clamer haut et fort que la notion de consentement n'est pas quelque chose qui peut nous tomber du ciel par miracle, le jour où nous décidons d'avoir une vie sexuelle ! Comme tout, cela s'apprend ! Pour ma part, j'ai très longtemps eu le sentiment que ma marge de manœuvre dans l'intime était plus que limitée. Je n'ai questionné la sexualité que tardivement, alors que grandissait mon engagement féministe. Le mouvement #metoo[26] a eu un impact immense sur mon rapport au consentement. Le fait de lire tous ces témoignages a mis en perspective mon propre vécu. Quand j'ai ouvert mon compte en février 2020, je n'ai eu de cesse de diffuser et de partager la parole de ces personnes que la société avait du mal à croire ou, devrais-je dire, refusait de croire. C'est tellement plus facile ainsi. Un jour, j'ai contacté Tal, un colleur de rue qui, à cette époque, était membre du collectif Collages Féminicides Paris. Je lui ai demandé de coller pour moi un message : le témoignage d'un traumatisme que j'avais vécu.

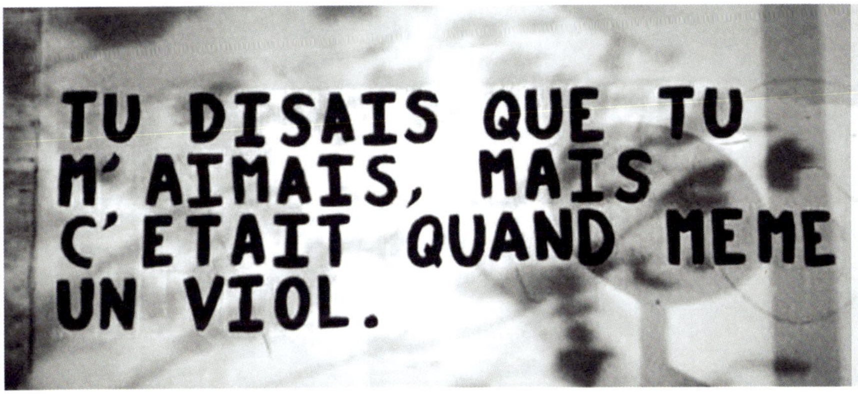

Collage effectué par @tal.madesta, @elisabeth_rz et @astridtenon. Photo : @tal.madesta

26. Le mouvement #metoo, qui a pour objectif de dénoncer les violences sexistes et sexuelles subies par les femmes, a été relancé par Alyssa Milano le 15 octobre 2017, mais il est en réalité plus ancien : Tarana Burke, militante féministe afro-américaine, l'a créé en 2007.

Je voudrais vous partager mon cheminement, du déni à mon mal de ventre de stress, de ma honte à ma fierté. J'ai passé des mois à ruminer, à tenter de formuler un texte qui m'aurait permis d'aborder le sujet, sans dire que j'étais concernée bien sûr, car au départ, la honte était tellement immense qu'elle était indépassable.

J'ai lu des dizaines de témoignages, et surtout, j'ai écouté les victimes expliquer ce que leur prise de parole avait changé dans leur vie. Leurs mots m'ont donné l'élan, ou plutôt la force, de me lancer. J'ai finalement publié mon histoire à l'été 2020.

Les jours précédant cette publication, je ressentais un mal de ventre, une sensation très désagréable, comme si j'étais en train de transgresser une règle, de faire une bêtise. J'avais littéralement la peur au ventre. J'avais bien identifié ma honte avant ce moment-là, mais ce n'est que la veille que j'ai mesuré toute son ampleur, comme celle de ma culpabilité.

J'avais honte que cela me soit arrivé à moi ; je me trouvais ridicule d'avoir mis tant d'années à poser des mots sur ce vécu. Je culpabilisais de n'avoir rien dit, rien fait, de ne pas avoir réagi suffisamment pendant, et surtout après. Je culpabilisais aussi que cela ait pris une telle proportion dans ma vie, au point que cela m'explose au visage des années plus tard. Ce poids était monumental, je ne pensais jamais pouvoir m'en défaire. Je ne pouvais même pas imaginer entamer une guérison.

Lorsque j'ai enfin osé exposer au monde ce sujet si intime et enfoui, le poids s'est paradoxalement comme envolé d'un coup. J'ai ensuite progressivement éprouvé de la joie, comme si j'avais jeté du haut d'une falaise une pierre immense que je m'obligeais à porter seule depuis des années. Je me suis sentie soudainement légère, presque euphorique.

Les jours et les semaines qui ont suivi cette libération de ma parole ont été extrêmement forts en émotions. Ce témoignage a permis à de nombreuses autres personnes de se reconnaître en tant que victimes et de comprendre la raison de leur mal-être. Lire leurs messages, pleurer avec elles, leur apporter mon soutien, tout cela m'a confortée dans l'idée que, en osant parler, j'avais pu aider et cela m'a procuré de la fierté.

C'est devenu une belle histoire, qui a permis de passer d'un événement grave et marquant à une adelphité palpable, de la honte à la fierté. Cela restera une grande étape de ma vie puisque, clairement, il y a eu un avant et un après ma prise de parole.

Je vous partage tout cela pour vous faire mesurer la nécessité d'approfondir la question du consentement, en commençant par son couple. Les enjeux intimes sont colossaux. De nombreuses personnes identifiées comme femmes s'enferment dans une charge sexuelle qui les rapproche dangereusement de ce que la société appellera « zone grise », mais que je nomme avec force « VIOL ».

DÉFINITIONS

« La **zone grise**, ce sont toutes les pressions, hésitations et zones de flou qui peuvent entourer une personne, et brouiller la "validité" de son consentement[27]. »

« La **charge mentale sexuelle**, ou **charge sexuelle**, ce serait donc toutes les choses, petites ou grandes, qu'il faut gérer pour sa sexualité. Gérées le plus souvent par... les femmes[28]. »

Dans sa définition, l'autrice Laura Berlingo renvoie aussi bien à la gestion de la contraception qu'au dépistage d'IST, en passant par le fait de se documenter sur la sexualité et le désir. La charge sexuelle contient aussi la notion de dette sexuelle.

La **dette sexuelle**, c'est l'idée que, pour les personnes identifiées comme femmes, en couple hétérosexuel, la sexualité est souvent vécue comme un devoir, une injonction.

La dette sexuelle pousse souvent les personnes à se plier au désir de leur partenaire, les incite à céder à leurs attentes, à leurs sollicitations. Les « besoins » sexuels des hommes cisgenres restent dans l'écrasante majorité des cas perçus comme supérieurs et moins contrôlables que ceux des femmes. Cette croyance n'a aucune valeur scientifique, elle est absolument fausse, grave et dangereuse. Elle fait de la sexualité une affaire d'homme, un besoin auquel les femmes sont tenues de s'adapter, et jamais dans la perspective de leur propre plaisir. Ce mensonge social verrouille la sexualité des femmes et perpétue la culture du viol.

27. anesf.com
28. *Une sexualité à soi : libérée des normes*, Laura Berlingo, Les Arènes, 2021.

DÉFINITION

« La **culture du viol** désigne un ensemble d'attitudes et de comportements sociaux qui, volontairement ou non, banalisent, tolèrent, excusent ou approuvent les agressions à caractère sexuel, et ce, à une échelle culturelle. On peut observer ce phénomène dans des discussions privées, dans des blagues, dans des chants d'initiations, dans les journaux, dans la musique, dans les publicités, à la télévision, au cinéma, sur les médias sociaux, etc. Bref, à force de répétition, on en vient à croire que ce sont des comportements normaux et acceptables[29]. »

« Parce que les hommes continuent de faire ce que les femmes ont appris à faire pendant des siècles : appeler ça autrement, broder, s'arranger, surtout ne pas utiliser le mot pour décrire ce qu'ils ont fait. Ils ont un peu forcé une fille, ils ont "un peu déconné", elle était trop bourrée ou bien c'était une nymphomane qui faisait semblant de ne pas vouloir : mais si ça a pu se faire, c'est qu'au fond la fille était consentante[30]. »

Je rappellerai aussi longtemps qu'il le faudra que céder n'est pas consentir. Jamais. Une fois que l'on a intégré ce préambule et ses implications, on est assurément apte à s'emparer des normes de la sexualité, à les questionner et à les reconstruire, avec pour objectif d'être enfin libre.

29. lheuristique.ca
30. *King Kong théorie*, Virginie Despentes, Grasset et Fasquelle, 2006.

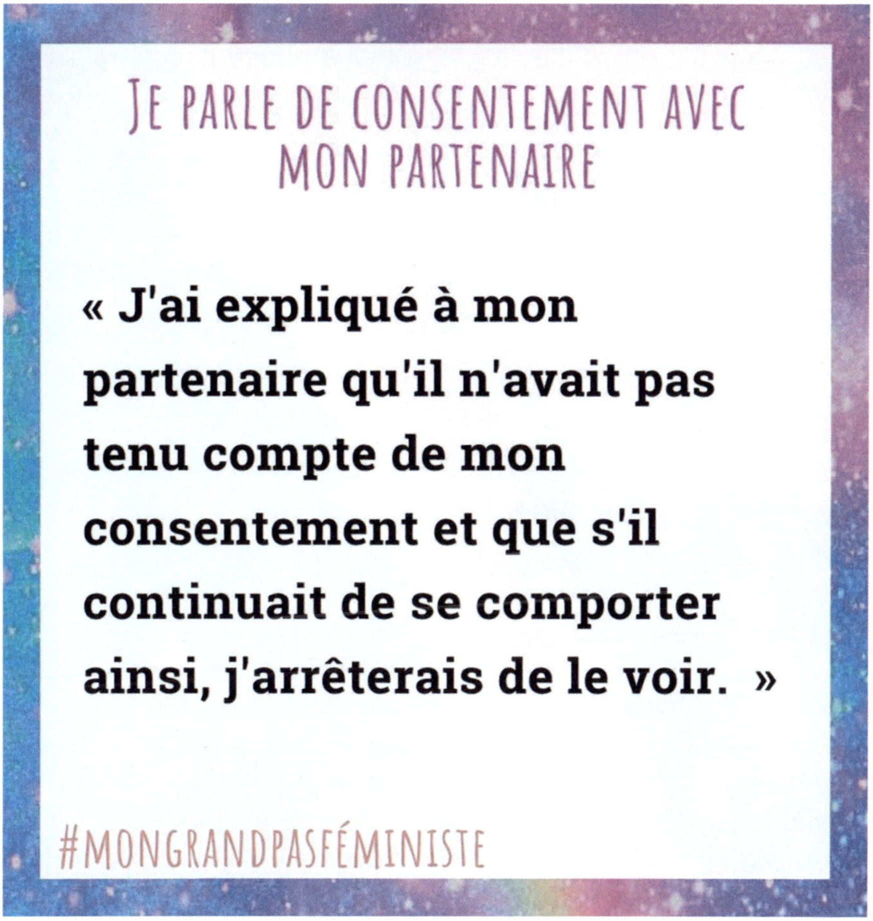

LA SEXUALITÉ, UN SUJET HAUTEMENT FÉMINISTE

La société normalise, voire promeut, un modèle de sexualité principalement orienté vers le plaisir des hommes. En cela, la sexualité est fondamentalement un enjeu féministe.

Le meilleur exemple pour illustrer ce propos reste le tabou qui existe autour du clitoris, seul organe humain dédié uniquement au plaisir, qui compte à lui seul, je le rappelle, 8 000 terminaisons nerveuses. Il aura fallu attendre 2017 pour qu'un manuel scolaire[31] mentionne le clitoris, alors que l'intégralité de l'anatomie sexuelle des hommes est représentée depuis toujours. Les personnes possédant un clitoris

31. Aux éditions Magnard.

grandissaient, et grandissent encore, sans même avoir conscience de posséder un organe si puissant, ce qui complique évidemment considérablement leur accès au plaisir. Nous vivons aujourd'hui ce que les médias aiment appeler une « révolution sexuelle ». Je ne suis pas particulièrement séduite par ce terme et préfère la formulation de Laura Berlingo, « une sexualité à soi libérée des normes » :

« Et si, pour 2021 et après, on renonçait au terme "révolution sexuelle" ? Si on envisageait les choses à travers le prisme des évolutions, au pluriel ? Et si chaque jour, petit à petit, on faisait bouger les lignes ? Si l'on détricotait la norme bien serrée autour de nos sexualités ? On pourrait se déconstruire progressivement, dans ce qui nous fait envie. Se poser des questions sur nos manières de faire, ajuster légèrement ou franchement, pour rendre les choses plus belles[32]. »

L'égal accès au plaisir quel que soit le genre ne devrait pas être considéré comme une révolution ! Cela devrait être la norme, que le plaisir des un·es compte autant que celui des autres. Que le rapport ne s'arrête pas quand un·e seul·e des deux a atteint son but. Les normes qui régissent la sexualité aujourd'hui sont par ailleurs encore démesurément hétéronormées[33]. Preuve en est, l'utilisation encore fréquente du terme « préliminaires ». Sur le site de Larousse, ce mot est défini ainsi : « Qui précède et prépare l'action, le fait principal ».

C'est une idéologie problématique pour plusieurs raisons. D'abord parce que cela sous-entend que les relations sexuelles non hétérosexuelles ne sont pas vues comme des « vraies sexualités ». Ensuite, parce que cela place la pénétration comme l'acte et l'objectif indispensables d'un rapport sexuel hétérosexuel. Le poids de cette injonction a inévitablement des conséquences sur le plaisir des personnes identifiées comme femmes. Gardez donc à l'esprit que toutes les habitudes que vous avez pu mettre en place dans votre intimité peuvent être chamboulées, si vous le souhaitez. Sentez-vous libres d'en parler avec votre partenaire. Au sein d'un couple hétérosexuel notamment, il est important que les hommes s'interrogent et déconstruisent la notion de masculinité toxique qui peut venir entraver l'atteinte d'un véritable équilibre intime. Précisons les termes de masculinité et de virilité, qui ne sont pas synonymes, contrairement à ce que l'on entend parfois.

32. ***Une sexualité à soi : libérée des normes*****, Laura Berlingo, Les Arènes, 2021.**
33. Hétéronormativité : système faisant de l'hétérosexualité la norme sociale par défaut.

DÉFINITIONS

« La **virilité** est l'ensemble des caractères physiques de l'homme adulte ; ce qui constitue le sexe masculin[34]. »

« La **masculinité** est l'ensemble des comportements considérés comme caractéristiques du sexe masculin[35]. »

La masculinité est donc un concept social. On trouve souvent accolé à ce terme l'adjectif *toxique*, parce que l'on associe aux hommes cisgenres hétérosexuels l'idée d'être socialement dominants. Cette idée encourage les comportements misogynes, mais également homophobes. Cette masculinité toxique est responsable d'une incitation à la violence qui se traduit par du harcèlement, des agressions sexuelles et des viols. La masculinité toxique implique aussi que l'on demande aux hommes de réprimer les émotions qui sont considérées comme exclusivement féminines[36].

La masculinité toxique est ancrée dans tous les domaines de nos vies et la sexualité ne déroge pas à cette règle.

Pour approfondir ces notions, je vous propose d'écouter et/ou de suggérer à votre partenaire d'écouter le podcast *Mansplaining* (Slate) par Thomas Messias et le podcast *Les Couilles sur la table* (Binge Audio) par Victoire Tuaillon.

Nous assistons également aujourd'hui à la multiplication de sextoys en tout genre. Il y en a pour tous les goûts. Mais les seuls à avoir (attention, là je m'accorde le terme) révolutionné le plaisir des personnes possédant un clitoris, ce sont les stimulateurs clitoridiens. Je ne parle pas de ça pour vous convaincre de vous en acheter un, je n'ai rien à vendre. J'aime cependant beaucoup l'idée que cet outil a permis de responsabiliser les personnes à clitoris à l'égard de leur plaisir. De tout temps, on a entendu que c'était l'homme qui était censé donner du plaisir ; c'est même sa fierté. C'est d'ailleurs la raison pour laquelle autant de femmes hétérosexuelles (62 %) admettent avoir déjà simulé un orgasme au cours de leur vie. Et là, un produit arrive sur le marché et tient sa promesse : un orgasme atteint en quelques minutes en totale autonomie. L'émergence de tels

34. larousse.fr
35. *Ibid.*
36. « Masculinité toxique, cisgenre, inclusivité : petit lexique militant expliqué », Héloïse Famié-Galtier, puretrend.com, 6 mars 2019.

objets a de fortes chances de réduire *l'orgasm gap*[37] qui existe entre les hommes et les femmes cisgenres hétérosexuel·les... et c'est une merveilleuse nouvelle.

Malgré ces avancées, les injonctions patriarcales qui pèsent sur la sexualité sont profondes et tenaces. C'est l'un des domaines, si ce n'est *le* domaine, dans lequel la déconstruction est la plus complexe. On sait, pour l'avoir évoqué dans les sujets précédents, à quel point il est délicat de savoir vraiment qui l'on est et ce que l'on aime ou pas, tant nous sommes conditionné·es par notre éducation. Il est difficile de se connaître et l'exploration que cela requiert implique de devoir être entouré·e de bienveillance. Même dans un cadre rassurant, cela peut prendre du temps, vous n'avez pas à culpabiliser.

Déconstruire la sexualité, c'est aussi être véritablement à l'écoute de son désir et accepter qu'il est peut-être beaucoup moins important que ce que l'on imaginait. Notre société capitaliste vise une productivité des corps jusque dans la chambre à coucher et la diminution, voire l'absence, de libido, est perçue négativement. Nous n'avons jamais été éduqué·es sur ces questions de fluctuation du désir non plus.

L'intégralité de la sexualité est à interroger et peut-être à réinventer. J'espère cependant que la prise de parole et les contenus que l'on a désormais à disposition sur les questions de sexualité ne produiront pas, à leur tour, de nouvelles injonctions chez qui que ce soit.

Ces ressources que je vous partage ne sont que des pistes que vous déciderez d'approfondir ou non. Vous n'aurez rien raté si vous n'avez pas envie que votre sexualité ressemble à ce qui est proposé ici :

- Le compte de Charline, @orgasme_et_moi, est pour moi la référence en matière d'éducation sexuelle bienveillante.
- D'autres comptes, comme @aventures_en_orgasmie, @metauxlourds, @mashasexplique et @sexysoucis, font un travail de vulgarisation conséquent et nécessaire.

37. L'*orgasm gap* est l'écart d'accès à l'orgasme entre les hommes et les femmes cisgenres hétérosexuel·les.

- Jüne Plã, la créatrice du compte @jouissance.club, a également écrit un ouvrage qui s'intitule *Jouissance club*[38].
- Amal Tahir, la créatrice du compte Instagram @inside.women, a écrit le livre *Bien dans ma tête, bien dans ma culotte !*[39], un petit guide de la sexualité décomplexé.
- L'ouvrage de Maïa Mazaurette, *La Vulve, la verge et le vibro*[40].

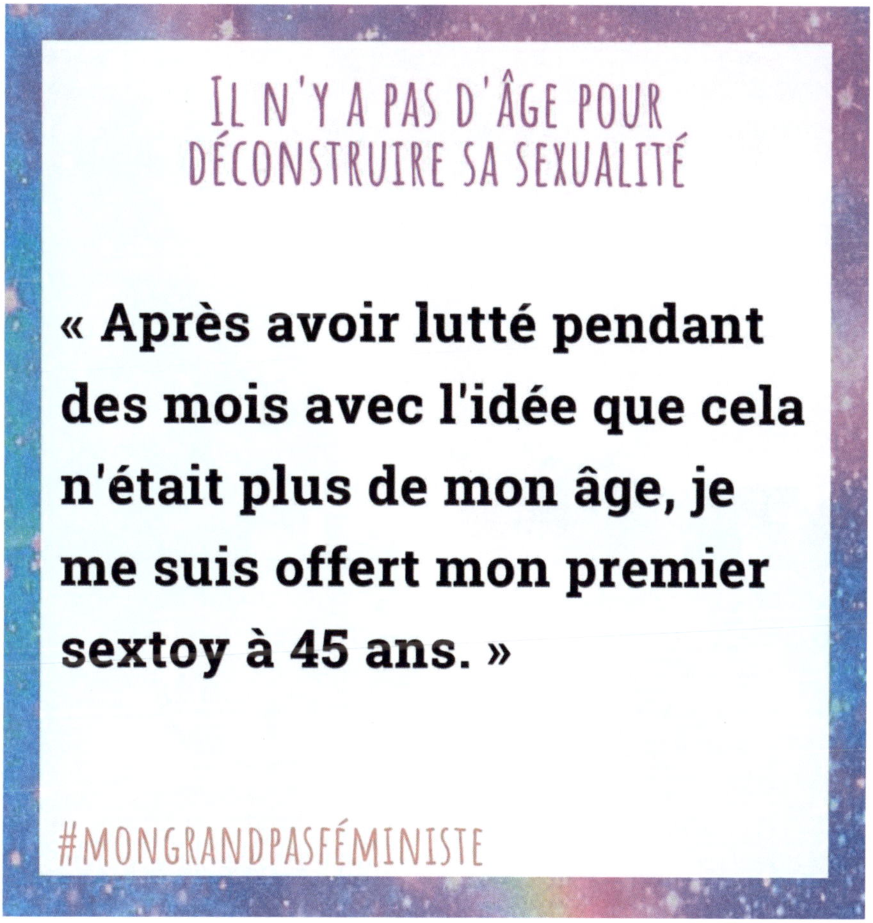

38. *Jouissance club : une cartographie du plaisir*, Jüne Plã, Marabout, 2020.
39. *Bien dans ma tête, bien dans ma culotte !*, Amal Tahir, Kiwi, 2020.
40. *La Vulve, la verge et le vibro : les mots du sexe selon Maïa Mazaurette*, La Martinière, 2021.

MA RÉCONCILIATION AVEC MES ÉMOTIONS

DE LA HONTE À LA CÉLÉBRATION

Il m'a fallu replonger encore dans mon enfance pour comprendre comment s'était instaurée en moi cette honte de mes émotions. Dès l'école, on nous traite de pleureuses et nous ne sommes pas assez fortes aux yeux des garçons pour qu'ils acceptent que nous jouions aux mêmes jeux qu'eux. Entre eux, ils se traitent de « gonzesse » pour signifier à quel point être assimilé à une fille est une tare. En plus de faire du mal aux garçons dans leur construction, ce mot, comme celui de « femmelette », réduit les filles à des humaines de seconde zone.

Des humaines faibles et fragiles, « des chochottes », comme on peut l'entendre encore. Enfant, j'ai très vite compris que je devrais inévitablement faire preuve d'une immense capacité d'adaptation. La société nous étiquette comme des personnes fragiles avant même que nous ayons ouvert la bouche. La fragilité présumée dont il est question englobe aussi bien le manque de force physique que la tendance qu'auraient les filles, puis les femmes, à ne pas savoir maîtriser leurs émotions et à en faire trop, pour faire simple. Je me suis donc dit, du haut de mes onze ans, je m'en souviens avec clarté, que je n'avais pas besoin d'être forte, mais que faire semblant de l'être pouvait suffire pour ne pas augmenter ma difficulté à être une fille dans ce monde. Cette situation critique dans laquelle j'ai prétendu ne rien ressentir a duré un certain temps. Une fois de plus, je n'ai compris que tardivement que ce rapport toxique à mes émotions, ma honte, l'enfouissement que je pratiquais avec brio, n'étaient que des conséquences du patriarcat lui-même.

Je ne me suis jamais autorisée à assumer mes émotions, à aborder certains problèmes de santé mentale, avant d'avoir compris que la difficulté que j'avais à en parler était liée à mon combat intérieur contre le déterminisme patriarcal.

J'ai trente-six ans, cela ne fait que quelques années que j'ai lâché prise, que j'ai compris qu'enfouir mes émotions me faisait du mal. Quand j'ai commencé à entreprendre ces changements, j'ai ressenti une profonde joie. J'aime comparer cela à une célébration. C'est comme si une partie de moi avait été sous cloche pendant tout le début de ma vie. Pouvoir assumer et parler de mes émotions négatives m'a fait entrevoir à quel point j'avais aussi, en conséquence, longtemps réprimé mes joies. En effet, on ne choisit pas quelles émotions on décide de mettre sur le mode silencieux. Ce sont toutes les émotions, positives comme négatives, qui se retrouvent anesthésiées. Je n'ai eu de cesse ensuite de laisser de la place à mes émotions et je me suis réconciliée avec elles. Lors de ce cheminement, j'ai pris conscience de mon hypersensibilité.

JE N'AI PLUS HONTE DE MES ÉMOTIONS !

« J'ai toujours fait des efforts pour paraître forte aux yeux de la société, je sentais que, du fait que j'étais perçue comme femme, je devais en faire deux fois plus pour ne pas être taxée de "femme fragile". Je crois qu'aujourd'hui, j'ai enfin fait la paix avec ça, je n'ai plus rien à prouver, à personne. »

#MONGRANDPASFÉMINISTE

LA COMPRÉHENSION DE MON HYPERSENSIBILITÉ

Après avoir laissé la porte ouverte à l'expression de mes émotions, j'ai très rapidement compris qu'elles occupaient une place prépondérante dans ma vie. Ma réactivité sensorielle exacerbée ainsi que mon empathie disproportionnée ont fait que j'ai rapidement envisagé la possibilité que j'étais hypersensible.

La doctoresse Elaine N. Aron, chercheuse et psychologue, définit l'hypersensibilité comme un trait de caractère (et non une pathologie) reflétant une sensibilité plus forte que la moyenne. Le psychanalyste et docteur en psychopathologie Saverio Tomasella la définit lui comme un tempérament.

DÉFINITION

« Selon la doctoresse Elaine N. Aron, quatre caractéristiques principales doivent être présentes chez l'individu pour le considérer comme **hypersensible** :

- Un traitement profond de l'information.
- Des sens plus développés et des réactions plus intenses aux informations sensorielles.
- Une réactivité émotionnelle importante et une grande empathie.
- Une sensibilité aux stimuli "subtils" de l'environnement[41]. »

J'ai pris conscience de mon hypersensibilité il y a maintenant deux ans. Je tiens à préciser que je n'ai fait l'objet d'aucun diagnostic. La seule personne professionnelle, à savoir une psychologue, avec qui j'ai évoqué cette question, m'a fait part de la difficulté de poser clairement un diagnostic, et a souligné la place importante laissée à l'autodiagnostic concernant l'hypersensibilité. Elle m'a renvoyée vers les travaux de Elaine N. Aron ainsi que vers le test disponible en ligne qu'elle a créé afin d'aider les personnes à se comprendre. Il est aussi essentiel de rappeler que l'hypersensibilité peut être l'une

41. learningbrain.be

des conséquences d'une neuroatypie[42]. Ainsi, si votre hypersensibilité devient trop compliquée à gérer, n'hésitez pas un instant à consulter un·e professionnel·le de la santé mentale.

J'ai eu naturellement à cœur de le partager, de donner la parole à des personnes hypersensibles, afin de donner de la visibilité à ce trait de caractère encore méconnu. Ce travail, vous pouvez le retrouver sur mon compte Instagram à l'aide du hashtag #jesuishypersensible.

Voici quelques ressources si vous souhaitez en apprendre davantage sur l'hypersensibilité :

- Le compte Instagram d'@auranek est une mine de réflexions autour de cette question. Nous avons également réalisé ensemble un live pour en discuter, il est toujours disponible dans mes vidéos Instagram. Je peux vous conseiller aussi le travail d'Anaïs, @talenthypersensible.
- Celui d'Élodie Crépel qui est thérapeute : @elodiecrepel.
- L'ouvrage *Hypersensibles : trop sensibles pour être heureux ?* de Saverio Tomasella[43].
- Le livre *Hypersensibles : mieux se comprendre pour s'accepter*[44] d'Elaine N. Aron.

Pour conclure ce chapitre, je dirais tout simplement que prendre des distances avec les injonctions patriarcales m'a permis de me rencontrer.

Je parle depuis le début de cet ouvrage de déconstruction, mais la réelle question est la suivante : qu'est-ce que l'on fait une fois que l'on a déconstruit un grand nombre de choses dans notre vie et qu'on est face à une désillusion qui nous déstabilise ? Eh bien, la réponse est qu'il faut tout ou presque reconstruire !

Je mentirais si je vous disais que c'est une partie de plaisir, savoir si ce que l'on fait et pense est pour soi ou à cause des injonctions sociétales est un véritable casse-tête dans un premier temps. J'en suis venue à questionner ma propre identité, indéniablement façonnée par

42. « La neuroatypie désigne un fonctionnement neurologique ou psychologique qui s'écarte de la norme. Ce terme a d'abord été inventé par et pour la communauté autistique pour souligner le caractère profondément différent de leur fonctionnement cognitif. Il a ensuite servi à désigner toute personne s'écartant du fonctionnement neurologique ou psychologique majoritaire. » (neuroatypies.worpress.com)
43. *Hypersensibles : trop sensibles pour être heureux ?*, , Savario Tomasella, Le Livre de poche, 2016.
44. *Hypersensibles : mieux se comprendre pour s'accepter*, Elaine N. Aron, Poche Marabout, 2017.

le patriarcat depuis le premier jour. Je me suis demandé qui j'aurais pu être sans avoir été à ce point ralentie par ses tentacules. J'ai dû accepter que certaines de ces questions n'auraient pas de réponses, que d'autres prendraient un temps considérable à résoudre. J'ai donc lâché prise petit à petit. Il m'a fallu beaucoup de colère pour déconstruire et il me faudra beaucoup d'amour et d'introspection pour reconstruire et bâtir ma propre réalité. Ce lâcher-prise, c'est la bienveillance que je ne m'étais jamais autorisée envers moi-même. En effet, si je parviens à me sentir en mouvement perpétuel depuis le début de ma déconstruction, c'est parce que je n'ai jamais été à l'écoute de mes sentiments profonds avant cela et, en ce sens, je n'ai jamais eu autant confiance en moi et en mes ressentis que depuis que je les accueille et les célèbre comme ils viennent. J'ai la conviction de m'approcher de plus en plus de moi-même, sans jugement et sans hâte, autrement dit, avec bienveillance et patience !

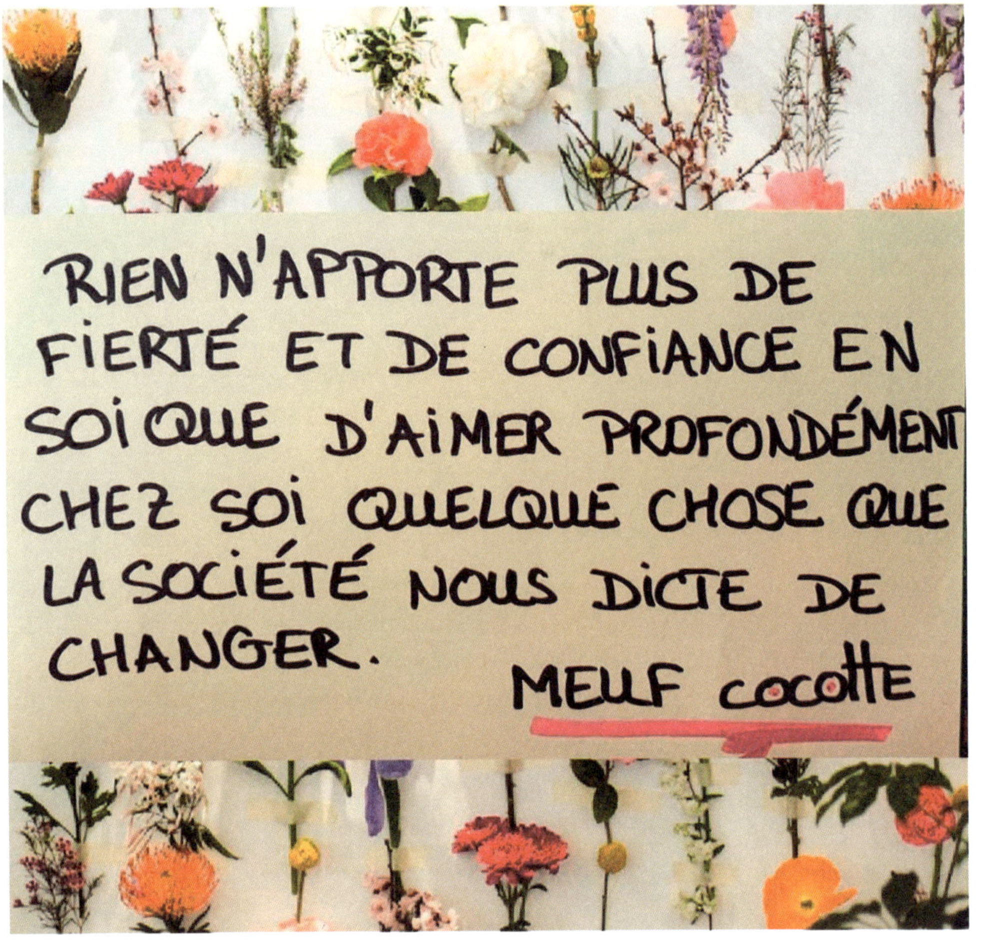

REMARQUE IMPORTANTE !

En évoquant avec fougue ma déconstruction et ses conséquences sur ma confiance en moi, je ne souhaite absolument pas contribuer à faire émerger des contre-injonctions, qui laisseraient penser que la déconstruction totale ou partielle des injonctions liées à la beauté est une sorte de pureté attendue pour mériter l'étiquette de bonne féministe. Prendre des distances et m'émanciper de ces diktats a été un moyen d'affiner et d'affirmer ma personnalité à travers mon engagement féministe, mais ce cheminement m'est propre. Ne pas réussir à prendre des distances avec les injonctions patriarcales ne doit en aucun cas être perçu comme un échec. Certains grands changements prennent du temps et nous n'empruntons pas nécessairement le même chemin pour nous déconstruire. Sur le mien, la maternité n'a pas manqué de donner un coup d'accélérateur.

02

LA MATERNITÉ, UN LEVIER DANS MON ENGAGEMENT FÉMINISTE

IL EST NÉCESSAIRE DE REPENSER LA MATERNITÉ À LA LUEUR DE NOS LUTTES FÉMINISTES

Qu'il s'agisse de maternité ou de non-maternité, la procréation des femmes continue d'alimenter les passions. Tout pousse les femmes hétérosexuelles à se mettre dans la tête que le but de leur vie doit être de faire des enfants. Fort heureusement, depuis quelques années, un mouvement émerge – notamment sur les réseaux sociaux – visant à clamer haut et fort qu'il est tout à fait possible d'être une femme et de ne jamais vouloir d'enfants. Ce mouvement, indispensable à mon sens, a permis à de nombreuses personnes de trouver des échos dans les différents témoignages diffusés et de se sentir légitimes dans leur non-désir de maternité. Si cette problématique vous intéresse, je vous conseille le compte Instagram de Bettina Zourli @jeneveuxpasdenfant et celui de Fiona Schmidt, autrice du livre *Lâchez-nous l'utérus !*[45] (que je vous recommande tout autant), qui s'appelle @bordel.de.meres.

45. *Lâchez-nous l'utérus ! : en finir avec la charge maternelle*, Fiona Schmidt, Hachette, 2020.

J'AI ÉTÉ AU BOUT DE MA DÉMARCHE DE CONTRACEPTION DÉFINITIVE

« Je me suis fait ligaturer les trompes malgré les leçons de morale du corps médical. »

#MONGRANDPASFÉMINISTE

Pour ma part, j'ai deux enfants et je peux affirmer que ma maternité a fait exploser mon analyse de notre société patriarcale. J'ai déconstruit bien des notions après leur avoir donné naissance. C'est pourquoi aujourd'hui, je regarde les différentes étapes de ma maternité à la lumière de mes prises de conscience féministes.

LA GROSSESSE ET L'ACCOUCHEMENT, OU COMMENT ÊTRE DÉPOSSÉDÉE DE SON PROPRE CORPS

Je n'ai plus peur de le dire : quand je suis tombée enceinte, je n'avais pas la moindre idée de ce qui m'attendait. Nous sommes conditionnées dès notre naissance pour « avoir envie » de faire des enfants. La société en fait quelque chose de naturel alors que ne pas en désirer est perçu comme subversif, voire pathologique. J'ai désiré mes enfants du plus profond de mon être pendant la conception et, durant mes grossesses, je n'ai pensé qu'à ces vies que j'allais donner. Pas du tout à ce qui m'attendait. J'ai toujours entendu qu' « une fois que le bébé est là, on oublie tout ». Cette phrase jetée le plus souvent par des mères, de manière bienveillante certes, mais très maladroite, au visage de toute femme enceinte qui oserait faire part de ses craintes ou parler de ses douleurs, nous enferme dans un silence toxique. Si tout le monde le dit, c'est que tout le monde le vit. Si notre vécu est différent, nous nous interdisons de le partager. Nous sommes piégé·es dans un mutisme généralisé.

J'ai adoré être enceinte, sentir le bébé bouger, aller aux échographies, préparer la venue de l'enfant. Mais, une chose est certaine : j'ai détesté tout le suivi médical qui a entouré mes grossesses et les accouchements en eux-mêmes. Le gynécologue qui m'a suivie les deux fois était un homme proche de la retraite, qui faisait son travail de manière automatique. Il ne m'a pas fait de mal à proprement parler, mais dès l'instant où je me suis rendue chez lui enceinte, j'ai senti que mon corps ne m'appartenait plus. S'ajoute à cela, la fixation malsaine qu'il faisait sur mon poids. Quand je passais la porte du cabinet, mes yeux se rivaient sur la balance, je ressentais immédiatement l'angoisse de monter dessus, une appréhension de la culpabilité que j'allais inévitablement éprouver si les chiffres traduisaient le fait que je m'étais, je cite, « laissée aller ».

Lors de mes deux accouchements, j'ai par ailleurs subi des violences gynécologiques importantes et même traumatisantes. On a pratiqué sur moi, les deux fois, des épisiotomies sans même m'en informer au préalable. On m'a fait culpabiliser de ne plus être capable de pousser efficacement alors que la péridurale que l'on m'avait administrée était si forte que je ne sentais plus le bas de mon corps. J'ai souffert et l'on ne m'a pas entendue. On m'a recousue à vif en affirmant, je cite, « être sûre » que l'anesthésiant faisait encore effet. Ces événements m'ont laissée avec des années de traumatismes enfouis.

La question de la douleur des corps des personnes identifiées comme femmes représente un vaste tabou dans notre société patriarcale. Nos douleurs sont au mieux sous-estimées, au pire niées. Illana Weizman, dans son ouvrage *Ceci est notre post-partum,* explique que « les souffrances éprouvées par les mères sont perçues comme insignifiantes face à l'enfant qui paraît[46]. »

46. *Ceci est notre post-partum : défaire les mythes et les tabous pour s'émanciper*, Illana Weizman, Marabout, 2021.

Tout se passe comme si ces blessures, ces traumatismes, n'avaient aucune valeur, n'étaient que de simples paroles inutiles. La mère n'est vue que comme une machine à procréer, qui remplit le rôle qui est attendu d'elle. Aussi loin que je me souvienne, on m'a toujours répété que souffrir à ce point était normal et que, comme je n'étais ni sage-femme ni médecin, je n'avais pas d'avis à avoir sur ce que l'on faisait de mon corps. On m'a littéralement arraché mon premier fils aux forceps. Les conséquences sur nos deux corps ont été dévastatrices. Je suis heureuse que son joli visage ne présente plus aujourd'hui ce que j'ai appelé à l'époque « la cicatrice de la honte ». Pourquoi la honte ? Parce qu'on m'a dit que c'était de ma faute. Les forceps, c'était de ma faute. Tout était de ma faute. Je me suis sentie comme une coquille vide et j'ai connu, à cette époque de ma vie, mes premiers épisodes de déréalisation.

DÉFINITION

Déréalisation : « trouble qui se caractérise par une sensation persistante ou récurrente de détachement de son propre corps ou de ses propres processus mentaux, en se sentant comme observateur·ice extérieur·e de sa propre vie[47]. »

Il m'a fallu du temps avant de comprendre à quel point j'avais été profondément traumatisée lors de mes accouchements, pour que mon cerveau mette en œuvre ce système de protection. La réalité de mon vécu n'était, à ce moment-là, absolument pas acceptable. Mon cerveau a basculé en mode survie.

Pour autant, et c'est là le plus intéressant, je n'ai jamais émis de plainte concernant mes suivis de grossesse, ni même mes accouchements. Je ne me suis jamais autorisée à le faire ; j'ai culpabilisé pendant des années de cette souffrance verrouillée en moi. Je me suis convaincue que cette douleur était le lot de toutes les mères et qu'elles, au moins, n'en faisaient pas toute une histoire. J'en ai conclu, une fois de plus, que je devais avoir un problème, que ce n'était pas normal de ne pas avoir réussi à oublier, comme on m'avait toujours affirmé que ce serait le cas.

47. msdmanuals.com

Quelques pistes pour vous qui désirez vivre une grossesse la plus sereine possible :

- Je ne peux que vous conseiller d'opter pour un·e sage-femme pour votre suivi de grossesse. À noter toutefois que, si vous avez une grossesse plus compliquée, vous ne pourrez malheureusement pas faire ce choix. Je ne souhaite évidemment pas émettre l'idée que les gynécologues dans leur ensemble font preuve de brutalité, mais j'insiste tout de même : les gynécologues ne sont pas tous et toutes aussi bienveillant·es, inclusif·ves et féministes que Laura Berlingo[48]. Je me base simplement sur mon propre vécu. À la fin de ma première consultation chez ma sage-femme, j'ai littéralement pleuré de joie de me sentir, pour la première fois, vraiment écoutée.

- Soyez à l'écoute de votre corps. Vos douleurs existent et méritent des réponses. Ne vous laissez pas dire que c'est normal ou que ça passera comme c'est venu. Vous êtes en droit de demander de l'aide, de poser des questions et d'exiger des réponses. Si tel n'était pas le cas, vous avez aussi le droit de tout plaquer, de prendre votre dossier sous le bras et de changer de praticien·ne.

- Il est possible d'établir un projet de naissance[49] afin de s'assurer que l'équipe de soignant·es en charge de l'accouchement sera informée de vos souhaits le concernant. Ce document est un puissant outil de communication avec le corps médical, d'autant que cette pratique se développe de plus en plus.

- Je vous encourage à parler autour de vous de vos craintes et de vos doutes concernant la grossesse et l'accouchement. Nous vivons une époque dans laquelle les langues se délient enfin. Oser parler de son vécu engendre naturellement la libération de la parole d'autres personnes et c'est seulement ainsi que les mentalités bougeront petit à petit. Prenons la décision collective de ne plus véhiculer cette image d'Épinal de la maternité, celle qui contribue à invalider les ressentis de certaines mères. Osons nous montrer vulnérables en racontant notre vérité.

48. **Laura Berlingo est gynécologue à l'hôpital de la Pitié-Salpêtrière et autrice de l'ouvrage déjà cité, *Une sexualité à soi : libérée des normes.***

49. **Le projet de naissance est un descriptif des souhaits des parents. Ce projet est discuté en amont avec l'équipe médicale (biennaitre.free.fr).**

LE POST-PARTUM, UN MENSONGE D'ÉTAT

La manière dont nous vivons notre post-partum, dans l'ombre et la honte, sans oser dire que rien de ce que nous avions imaginé n'est en train de se produire, est une preuve supplémentaire de l'immense tabou que représente la maternité, surtout dans les premiers instants. Personne ne veut savoir, personne ne veut voir et accepter les difficultés des mères. Nous ne sommes pas préparé·es à rencontrer des doutes, ni prêt·es à faire face aux douleurs qui nous attendent. J'aurais peut-être eu peur, certes, mais j'aurais aimé savoir qu'il était envisageable que je ne puisse pas m'asseoir sans avoir des larmes qui montent pendant une bonne semaine, que j'allais saigner et que ces saignements allaient me provoquer des douleurs atroces à la poitrine. J'aurais aimé savoir le désarroi que peut susciter le fait de ne pas réussir à nourrir son enfant au sein, comme on le voudrait. J'aurais voulu pouvoir anticiper la mesure du traumatisme de la cicatrice, qui fait que mon corps ne sera plus jamais le même. Voilà, je vous le dis, moi, ça fait mal d'accoucher et tout ce qui suit n'est pas une partie de plaisir non plus.

Il faut agir pour dégommer cette image de la mère parfaite qui le devient le plus simplement du monde, qui retrouve son corps d'avant en un claquement de doigts. Cette image nous empoisonne, nous fait du mal, nourrit notre culpabilité. La contredire à partir du réel, du brut, de la vérité, est une nécessité féministe.

Le paradoxe, c'est que la société nous impose une injonction des plus puissantes pour nous mettre dans la tête que procréer devrait être le but de notre vie, mais une fois que nous avons rempli ce rôle, elle n'a alors plus qu'une seule obsession, celui de notre retour à notre vie d'avant.

Ce que j'évoque ici englobe les régimes en tout genre, proposés sans surprise par les magazines dits « féminins », et les injonctions à la reprise précoce de la sexualité, sous peine de risquer de perdre le père de nos enfants. Il faut être mère, d'accord, mais pas trop quand même hein, il faut savoir rester une femme sexy avant tout.
On n'a jamais de répit, on ne nous lâche jamais, pas même alors que l'on vient de sortir un être humain par notre vagin, laissant notre corps semblable à un chantier qui aurait mal tourné.

De nombreuses femmes brillantes se sont attelées à libérer la parole enfermée depuis trop longtemps au sujet du post-partum. Le hashtag #monpostpartum a été lancé par quatre comptes Instagram, ceux de @illanaweizman, @morganekoresh, @mashasexplique et @ayla.saura, en réponse à la censure par la chaîne ABC et l'Académie des Oscars d'une publicité pour des produits d'hygiène et de soins post-partum[50]. Cette publicité, malgré ce que l'on pourrait imaginer compte tenu du débat qu'elle a suscité, n'était en rien choquante. Cela en dit long sur le tabou qui entoure les douleurs suivant l'accouchement. Je vous conseille de vous abonner à ce hashtag afin de découvrir l'ensemble des témoignages, ils ne manqueront pas de vous libérer.

Quelques ressources pour déconstruire l'image faussement embellie du post-partum :

- Le savoir, c'est le pouvoir. Je ne peux que vous recommander de vous instruire le plus possible sur ce qui vous attend pendant votre post-partum. S'il ne faut conseiller qu'un seul ouvrage, c'est clairement, pour moi, celui d'Illana Weizman, *Ceci est notre post-partum*[51]. Il est incroyablement juste, facile à lire et très inspirant. Illana crie haut et fort ce que des milliers de mères avaient besoin d'entendre. En mettant l'intime au service du politique, elle libère avec force et bienveillance des générations de mères engluées dans leur culpabilité.

- Cécile Doherty-Bigara, dans son ouvrage *Nouvelle mère*[52], contribue puissamment à lever le voile sur cette expérience humaine universelle dont les difficultés sont profondément déconsidérées. Peu de mères s'autorisent à dire à quel point la venue d'un enfant peut chambouler une vie. L'autrice s'y attelle avec une sensibilité et une justesse rares, qui ne manqueront pas de faire écho au vécu de milliers d'autres personnes.

- Océane Koné, dans *Devenir mère, une maternité sans langue de bois*[53], livre un témoignage sans filtre sur les réalités de la maternité et contribue à combattre l'image idyllique de l'arrivée d'un bébé véhiculée par la société.

50. La marque de ces produits était Frida Mo.
51. *Ceci est notre post-partum : défaire les mythes et les tabous pour s'émanciper*, Illana Weizman, Marabout, 2021.
52. *Nouvelle mère : un témoignage libérateur et féministe sur la maternité*, Cécile Doherty-Bigara, Leduc, 2020.
53. *Devenir mère : une maternité sans langue de bois*, Océane Koné, autoédition, en vente sur Google Livres, 2020.

JE M'EXPRIME SUR LES RÉALITÉS DU POST-PARTUM

« J'ai offert l'ouvrage d'Illana Weizman, Ceci est notre post-partum, à ma meilleure amie qui va bientôt accoucher. Je veux qu'elle sache tout ce que je n'ai pas eu la chance de savoir ! »

#MONGRANDPASFÉMINISTE

MES ALLAITEMENTS, UNE PRISE DE CONSCIENCE DU POUVOIR DE MON CORPS

Après le désastre causé par mes accouchements, mes allaitements ont constitué une expérience très forte. Ils m'ont fait prendre conscience d'une forme de puissance féminine, dans une société où les corps des personnes identifiées comme femmes sont sans cesse sexualisés.

DÉFINITION

Sexualiser, c'est « marquer de sexualité[54] », c'est-à-dire donner à un objet ou une action un caractère sexuel alors qu'il n'en est absolument pas question à l'origine.

54. larousse.fr

Le point de départ de ma colère réside dans ce mot. J'ai eu beaucoup de mal à supporter le fait qu'allaiter mon bébé en public puisse être considéré comme indécent, sexuel, voire « obscène », comme on peut le lire parfois. Tandis que j'effectuais un acte naturel et sain pour mon bébé, on jugeait mon corps en tant que corps sexuel.

Petit rappel : les seins sont des caractères sexuels *secondaires*, c'est-à-dire un « ensemble de caractères somatiques qui n'exercent qu'un rôle indirect sur la reproduction[55]. »

Si on résume, les hommes peuvent déambuler torse nu dans la rue, avoir des tétons apparents sous leurs chemises transparentes bien repassées, mais ce même téton, dès lors qu'il est féminin, devient suspect, obscène et criminel pour la société. Tout ce qu'on en fait est connoté ; il faut le cacher.

Bingo, le patriarcat a réussi à sexualiser la chose la plus naturelle du monde ! Il est parvenu à faire oublier que le sein sert à nourrir les enfants en premier lieu, que c'est sa fonction principale. Même si, bien sûr, nous ne sommes pas toutes obligées de choisir d'allaiter, j'aimerais que celles qui font ce choix puissent le vivre librement sans être jugées ni invitées à se cacher !

À l'époque de mon blog maternité, j'ai reçu des dizaines de témoignages de mères à qui on a demandé d'allaiter dans les toilettes. J'ai vu apparaître ce qu'on appelle les « châles », ou « voiles d'allaitement », ou pire encore des « couvertures d'allaitement », dont la pub promeut l'utilisation pour que « les personnes ne soient pas dérangées à la vue de votre poitrine[56] » !

Cet argument commercial est tout simplement incroyable, non ? Que l'on veuille utiliser un tel objet pour préserver notre intimité ou parce que notre bébé est trop stimulé par ce qui se passe autour, c'est une chose, mais se contraindre à se cacher pour ne pas déranger les autres par la vue de notre poitrine, c'est tout de même hallucinant.

Les poitrines perçues comme féminines sont pourtant largement utilisées par la publicité : on en voit partout et ça ne semble poser problème à personne ! Mais dès que les personnes identifiées comme femmes montrent leur corps (en l'occurrence, là, elles ne montrent

55. universalis.fr
56. bebedebarque.fr

rien en réalité, c'est ça le pire), alors là, c'est intolérable. La publicité, oui, mais la libre utilisation de nos corps, ça ne va pas, non ? Vous savez d'où vient cette incohérence ? Encore une fois, de la volonté de la société de contrôler le corps des personnes perçues comme femmes ! Cette prise de conscience brutale a soufflé en moi les premières braises de ma flamme féministe.

Comme je le suggérais en début de chapitre, mes allaitements m'ont fait physiquement prendre conscience de ma puissance. Après avoir subi deux accouchements traumatiques, j'ai eu la sensation que mon corps n'était plus bon à rien d'une part, mais aussi que je ne contrôlais plus la situation. Mes allaitements ont permis que je me réapproprie véritablement mon corps. Malgré les difficultés du démarrage, j'y ai très vite vu quelque chose de magique et de grand.

Ce que je viens de vous livrer ne doit en rien sonner comme une injonction à allaiter votre enfant. Ce sentiment de puissance, de lien fort que j'ai éprouvé pendant en tout 21 mois, n'ont été possibles que pour une seule raison : je souhaitais allaiter ! Si ce n'est pas votre cas, ne laissez personne en faire une affaire d'État et vous dicter ce que vous devriez faire. Attendez-vous à voir le nombre d'injonctions exploser avec la maternité ! Gardez en tête une seule chose, c'est votre corps, ce sont vos choix.

Mon corps, mes choix, ta gueule !

Cette phrase emblématique doit rester en filigrane dans votre esprit. À l'inverse, si vous en avez envie du plus profond de votre être, que vous y avez pensé pendant toute votre grossesse mais qu'à la maternité on ne respecte pas votre choix, rebellez-vous ! C'est votre enfant, votre projet de naissance !

Pistes de réflexion si vous souhaitez allaiter :

- Entourez-vous d'un·e sage-femme calé·e sur la question ou contactez une conseillère en lactation. Je crois que c'est indispensable pour faire face aux éventuelles difficultés de démarrage.
- N'écoutez rien d'autre que les besoins de votre bébé pendant les trois premiers mois de sa vie. Oui, un enfant, ça tète à volonté et non, ce ne sont pas des caprices. Surveillez votre bébé, pas l'horloge !
- Le manque de lait est un mythe, plus vous allaiterez votre enfant, plus vous en aurez. Il n'est pourtant pas rare que cet argument soit avancé pour introduire le lait infantile en complément. N'oubliez pas que, dans l'écrasante majorité des cas, il n'y a pas de manque de lait. Cela relève plutôt d'un manque de stimulation, ce qui est très courant juste après la naissance.
- Je préfère me répéter : vous n'avez pas à vous cacher pour allaiter. Comme dans des tas de domaines, ce sont les plus gêné·es qui s'en vont.

ALLAITER NE DEVRAIT PAS ÊTRE SEXUALISÉ !

« Je ne manque pas de faire de la pédagogie auprès des personnes qui m'expliquent que je manque de pudeur en allaitant mon bébé en public. »

#MONGRANDPASFÉMINISTE

LA CULPABILITÉ MATERNELLE

La culpabilité maternelle est un sujet qui m'a toujours passionnée. J'ai beaucoup écrit sur ce sujet, pour me libérer de ce lourd secret à porter, d'une part, et aussi avec l'espoir que des personnes viendraient me confier qu'elles vivaient la même chose. J'aimais l'idée que cela pouvait les aider, mais surtout, cela faisait de moi une personne normale, une mère comme les autres. Peu de temps avant le premier anniversaire de mon cadet, il y a bientôt huit ans, j'avais écrit ces quelques mots au sujet de ma culpabilité omniprésente :

« Une année s'est écoulée, j'ai le sentiment de n'avoir rien vu passer. Je réalise à quel point la culpabilité ne m'a pas lâchée un seul instant [...].

Comme si, si tu avais eu le cordon autour du cou, j'y étais pour quelque chose.

Comme si, ta souffrance dans cette boîte transparente, c'était ma faute.

Comme si, cette malformation et toutes les souffrances qu'elle a engendrées, j'en étais responsable.

En fait, je ne dirais pas que je ressentais profondément que j'étais responsable de tout cela... Je dirais plutôt que je vivais cela comme des échecs, cela engendrait chez moi une immense souffrance, une incapacité à vivre paisiblement. »

Rendez-vous compte ! Lorsque j'ai écrit ces lignes, mes enfants avaient seulement un an et deux ans ! Imaginez-vous toutes les nouvelles raisons de me sentir en faute que j'ai pu inventer depuis, sachant qu'ils ont neuf et dix ans...

Cette culpabilité, j'ai eu le temps d'y réfléchir en dix ans, de la ressentir, de l'analyser et aujourd'hui, j'ai envie d'en parler.

D'où vient-elle ? Où commence cette culpabilité que l'on se met sur le cœur ?

Elle se plante en nous comme une graine fertile qui n'aura de cesse de grandir. Tentons d'abord de bien comprendre le cadre dans lequel nous sommes mères : une société patriarcale qui considère tout ce qui concerne les enfants comme étant la responsabilité des mères. Comment ne pas se mettre une pression démesurée ?

« Absolument toutes les contraintes autour des enfants reposent sur les mères. Tout ce que les pères pourront faire sera vu comme du bonus ou comme exceptionnel [57]. »

Quand j'ai accouché de mon second fils et qu'il a été hospitalisé pendant trois semaines, j'ai dû vivre entre l'hôpital et la maison. J'ai ressenti de la culpabilité à l'égard de mon aîné, qui n'avait alors que dix-sept mois. Ce sentiment ne m'a pour ainsi dire jamais quittée. Je me suis dit que j'avais été naïve de croire que cela allait être facile, que je n'étais pas une bonne mère pour mon aîné, que j'avais manqué des choses, que je lui avais fait du mal. Rien que ça ! Je me rappelle comme si c'était hier cette infirmière qui m'avait balancé cette phrase assassine alors que mon petit était en néonatologie et que je souffrais de ne pas pouvoir être suffisamment auprès de chacun de mes bébés : « Ah ben oui, avoir deux enfants, c'est ça. Il va falloir s'y habituer ! » C'est comme si elle me disait : « Vous avez voulu des gosses, maintenant vous allez souffrir et culpabiliser, fallait y penser avant. »

Chaque fois que quelque chose s'est mal passé ensuite avec mes enfants, j'ai été envahie par la culpabilité. Je sais que je ne suis pas seule. Les mères sont conditionnées à être responsables du négatif et jamais félicitées pour le positif. On juge que le travail qu'elles entreprennent auprès de leur(s) enfant(s) est normal, qu'il va de soi. Personne ne prend la mesure, ni même ne se soucie, du combat quotidien que représente le fait d'élever des enfants, de lutter entre culpabilité et découragement, dans une société où l'on acclame les hommes qui « acceptent » de changer les couches une fois par semaine ou ceux qui daignent faire la vaisselle de temps en temps.

Absolument tout relie les mères à leurs enfants. À l'époque de la naissance des miens déjà, si l'allaitement ne marchait pas, on taxait parfois les mères d'incapables, alors que l'accompagnement était juste inexistant. Les mères pro-allaitement et les pro-biberon se déchiraient sur

57. *T'as pensé à ? : guide d'autodéfense sur la charge mentale*, Coline Charpentier, Le Livre de poche, 2020.

la blogosphère. Pourquoi ? Parce que la culpabilité planait au-dessus de chacune d'entre nous, entretenue constamment par la fameuse injonction de « faire le mieux pour son enfant ». Il y avait aussi la *team* des« petits pots maison » versus celle des « pots industriels ». Encore un débat stérile qui continue de faire rage aujourd'hui.

Pourquoi les femmes qui sont mères se déchirent-elles sur des sujets si personnels et intimes ?

La pression de la société sur les épaules des personnes identifiées comme femmes s'accroît de manière exponentielle quand elles deviennent mères. Elles sont alors sans cesse oppressées par les injonctions et la société juge toujours ce qui est fait ou non. C'est une course perdue d'avance : c'est toujours trop ou pas assez.

La culpabilité maternelle est à mon sens un sujet profondément féministe, dont il faut s'emparer absolument. Je travaille activement à la faire déguerpir de ma vie. À trente-six ans, je prends conscience qu'être mère n'est pas suffisant pour mon accomplissement personnel et, bien que cela ait été longtemps le cas, je ne culpabilise plus de cela. Mes enfants ont un père qui est ultra-présent et qui l'a toujours été autant que moi et, malgré tout, je n'ai pas été exempte de cette culpabilité dévastatrice. Je n'ose même pas imaginer les dégâts qu'elle peut causer dans les familles où toute la charge familiale repose sur les mères.

Gardez bien en tête que vous faites de votre mieux et que, malgré ce mieux qui sera parfois pour vous un tout, vous ne serez jamais félicité·e ni compris·e, encore moins soutenu·e.

Vous devrez prendre aussi sur vous une charge supplémentaire : celle de vous débarrasser de la culpabilité, car personne ne le fera pour vous.

Pistes pour déconstruire la culpabilité maternelle :

- Prenez le temps d'écrire sur un petit carnet tout ce que vous avez entrepris pour prendre soin/faire plaisir à vos enfants aujourd'hui. Vous constaterez inévitablement que vous en faites beaucoup plus que ce que vous croyez.
- Gardez en vous cette conviction, je souhaite qu'elle vous anime : la culpabilité maternelle apporte de l'eau au moulin de la société patriarcale, qui nous assène que les enfants restent une histoire de femmes.

- Cette culpabilité n'est pas la vôtre, elle est le dénominateur commun de toutes les mères. Là encore, je ne saurais vous conseiller mieux que d'échanger sur le sujet avec des personnes qui éprouvent les mêmes sentiments que vous. Cela vous aidera à relativiser et à réaliser à quel point la culpabilité n'a rien à voir avec le fait d'être une bonne mère.
- La mère parfaite est un mythe ! Si vous culpabilisez de ne pas réussir à porter toutes les casquettes - à savoir, votre carrière, vos enfants, votre maison, votre couple et le reste - c'est parce que toute seule, c'est impossible ! Il serait peut-être intéressant de questionner la répartition des charges mentales et domestiques au sein de votre foyer. Cela pourrait bien être une des origines de cette culpabilité.
- Gardez à l'esprit que vous ferez des erreurs et que cela ne fera pas de vous une mauvaise mère, mais une mère qui apprend, chaque jour de sa vie.

L'ÉDUCATION DE MES ENFANTS : UN ACCÉLÉRATEUR DE MA PRISE DE CONSCIENCE FÉMINISTE

« Ils s'imaginent, tranquilles, que les filles naissent dans des sortes de roses virtuelles et qu'elles devraient devenir des créatures douces et paisibles. Même plongées dans un milieu hostile où il vaut mieux savoir jouer du coup de boule pour exister un minimum[58]. »

Qui dit « maternité » dit « éducation ». Les stéréotypes de genre m'ont très tôt posé problème lorsque s'est posée la question de la manière dont nous envisagions d'éduquer nos fils. Nous avons très tôt eu envie de les préserver des conséquences de ces stéréotypes. En cheminant dans ma déconstruction, il m'est vite apparu fondamental d'inculquer à mes fils des valeurs féministes. J'ai approfondi mes recherches et agrandi mes connaissances sur le sujet. Dès qu'ils ont été capables de comprendre, nous avons engagé des échanges avec eux pour leur faire prendre conscience de certaines injustices. Ils n'ont eu aucun mal à réaliser ce qui n'allait pas. Cela m'a vraiment mis une claque. J'ai compris à quel point l'éducation avait un rôle primordial dans la lutte quotidienne contre le patriarcat.

LA RÉPARTITION DES CHARGES MENTALE ET DOMESTIQUE, NOYAU DUR DE LA CONSTRUCTION DES NORMES PATRIARCALES

Dans cette partie, je me place volontairement dans une famille hétéroparentale, puisque c'est le cadre dans lequel j'ai grandi, et aussi celui que j'ai identifié comme étant le plus propice à l'instauration précoce des stéréotypes de genre. Dans cette partie, je vais utiliser le terme « homme » qui renverra à une personne que la société identifie comme homme et « femme » pour une personne identifiée comme femme.

58. ***King Kong théorie*, Virginie Despentes, Grasset & Fasquelle, 2006.**

La répartition de la charge mentale et domestique[59] dans les familles, dont les enfants sont témoins tout au long de leur éducation, est une des implications directes du patriarcat. Nous pourrions nous demander en quoi cela concerne les enfants, mais ce serait ignorer le fait que leur vécu est davantage source d'apprentissages que les discours qu'on leur tient.

Il serait en effet totalement contre-productif d'espérer élever des enfants en leur disant que les femmes et les hommes sont au même niveau d'égalité tout en reproduisant soi-même, sous son propre toit, de puissants stéréotypes genrés.

Autrement dit, un·e enfant qui observe que l'intégralité de la charge mentale et des tâches domestiques repose sur sa mère considérera que c'est la normalité et va intérioriser que ce sont des activités genrées. Les habitudes de vie sont des représentations transmises inconsciemment, qui figent des étiquettes genrées au sein d'une famille.

Parfois, on n'admet que difficilement que la personne avec qui l'on vit effectue beaucoup moins de tâches ménagères ou ne supporte aucune charge mentale, contrairement à nous. En effet, la société nous pousse à croire que nous devrions savoir nous en sortir, tout gérer de A à Z, sans nous plaindre. Il n'y a qu'à voir le nombre de *bullet journals* ou d'organiseurs familiaux qui sortent chaque année à destination des femmes. On nous met en tête que, si nous ne nous en sortons pas, c'est parce que nous sommes mal organisées. Pour la société, cela ne peut en aucun cas être à cause du fait que la personne avec qui l'on vit ne fait pas assez. Ces outils capitalistes visant à nous aider avec notre charge mentale partent du principe que c'est à nous de la gérer dans son entièreté et que nous avons besoin d'aide pour atteindre cet objectif : penser à tout.

On assiste depuis quelques années à une prise de conscience de l'immobilisme des hommes au sein des couples hétérosexuels. Un changement profond est en train de s'opérer doucement en ce qui concerne les tâches ménagères, mais la charge mentale n'est pas encore suffisamment questionnée et rééquilibrée au sein des foyers. Il convient donc à mon sens d'interroger la répartition de ces tâches et de la

59. **« Charge mentale : pensées permanentes invisibles pour organiser la vie de la maison et de la famille », à différencier de la charge domestique, constituée des « activités nécessaires au fonctionnement du logement : ménage, vaisselle, entretien du linge, préparation des repas… » (page Instagram @taspensea).**

charge mentale conjointement. Pour réfléchir sur ces questions, je vous recommande la page Instagram créée par Coline Charpentier, @taspensea. Ce compte est devenu un collectif, dont les membres publient des témoignages qui permettent de réaliser l'étendue de la charge qui repose sur les femmes.

Coline a également sorti un livre d'autodéfense sur la charge mentale[60], que je vous conseille vivement. Il représente une véritable amorce vers une réappropriation de notre temps, celui que l'on sacrifie sur l'autel du déséquilibre patriarcal. L'équilibre à gagner dont elle parle, c'est aussi celui qui permettra à nos enfants de ne pas se construire un imaginaire genré tronqué, dans lequel c'est sur les femmes que repose l'entièreté des charges ménagère, mentale et émotionnelle de la famille.

Un autre ouvrage, cette fois-ci de Titiou Lecoq, intitulé *Libérées ! : le combat féministe se gagne devant le panier de linge sale*[61], aborde la même problématique en visant à montrer que la féminisation de la sphère privée implique *de facto* que l'espace public est majoritairement masculin. Je trouve cette réflexion très intéressante. En effet, le temps que les femmes passent à domicile, à penser à tout et à tout le monde dans leur foyer, elles ne peuvent pas l'investir ailleurs.

Cette idée est aussi fondamentale, car une petite fille qui voit sa mère principalement tournée vers l'intérieur du foyer, crouler sous les charges mentale et domestique, sans s'épanouir par ailleurs, aura de fortes chances d'intérioriser qu'elle est limitée dans ce qu'elle pourra entreprendre plus tard.

Il n'est évidemment pas question de dire qu'une femme ne peut pas s'épanouir au foyer. Chaque année, de nombreuses personnes font ce choix. Il est tout à fait possible d'être mère au foyer en ne subissant pas cette situation. Ce dont je parle ici, c'est davantage les cas où le père et la mère travaillent, mais que c'est la mère, une fois rentrée de son travail, qui se livre péniblement à l'ensemble des tâches du foyer et s'efforce de planifier tout ce qui régit la vie de la famille.

Les deux ouvrages cités ci-dessus démontrent à quel point l'intime est politique. Cet intime, il convient de le penser, de l'organiser dans une

60. ***T'as pensé à ? : guide d'autodéfense sur la charge mentale*, Coline Charpentier, Le Livre de poche, 2020.**
61. ***Libérées ! : le combat féministe se gagne devant le panier de linge sale*, Titiou Lecoq, Fayard, 2017.**

véritable égalité qui pourra aider nos enfants à grandir en dehors d'une vision patriarcale.

Pour approfondir ces questions, je vous propose de découvrir la BD d'Emma sur son site, emmaclit.com. Cette bande dessinée, appelée de manière très percutante et juste *Fallait demander*, montre à quel point les hommes cisgenres partent profondément, oserais-je dire *sincèrement*, du principe que la charge mentale et les tâches domestiques ne sont pas de leur responsabilité, qu'ils sont déjà bien gentils d'aider et que les femmes n'ont qu'à demander de l'aide si elles estiment qu'elles ne parviennent pas à gérer l'intégralité du travail qui leur incombe.

Quelques pistes pour rééquilibrer les charges mentale et domestique au sein de votre foyer :

- Je vous encourage à véritablement compter le nombre d'heures que vous passez à effectuer ces tâches et à le comparer avec le volume horaire consacré à ce domaine par votre partenaire. Les chiffres sont des données concrètes qui peuvent réellement provoquer une prise de conscience des deux côtés.

- Coline Charpentier, dans l'ouvrage cité plus haut, propose une technique, le « conseil de famille du dimanche soir ». Il consiste à faire un bilan de la semaine écoulée et à mettre en lumière ce qui s'est bien et moins bien déroulé. L'objectif est de faire émerger des solutions face à des situations que l'un ou l'autre membre de la famille aurait mal vécues, par exemple. Les enfants ont un rôle actif, au même titre que les parents. Ils prennent conscience du rôle qu'eux aussi ont à jouer.

- Les enfants sont capables de participer très tôt à des tâches ménagères. Il ne faut pas culpabiliser de leur demander cela, c'est un apprentissage comme un autre, qui les responsabilise, ce qui est bénéfique pour leur développement. Cela leur fait prendre conscience qu'il est possible d'apprendre à faire toutes les tâches, quel que soit leur genre. On veillera avec force à ne jamais en demander plus aux filles ; luttons contre cette sale habitude qui est encore trop répandue !

- Au-delà de la répartition quantitative en elle-même, il est important qu'une même tâche ne soit pas toujours effectuée par la même personne. Typiquement : Papa bricole et Maman s'occupe du linge. Il est primordial que les enfants comprennent très tôt que Papa et Maman peuvent tout faire et, à défaut, peuvent tout apprendre.

JE CHANGE LE REGARD DES ENFANTS SUR LA CHARGE DOMESTIQUE

« À l'école maternelle, mon grand pas féministe, c'est de dire : "tu demanderas à ton papa de le recoudre/de le laver." »

Je vous entends déjà me dire que cette professeure des écoles en maternelle pourrait tout simplement dire « parent » à la place de « papa » pour plus de neutralité. Cependant, cette collègue a préféré dire « papa » en réaction à toutes les fois où c'est « maman » qui est citée, comme si cela était une fatalité. C'est un rééquilibrage nécessaire à mon sens.

#MONGRANDPASFÉMINISTE

FAIRE VOLER EN ÉCLATS LES STÉRÉOTYPES DE GENRE

Dans son ouvrage *Une histoire de genres,* Lexie explique[62] :

> **« L'importance d'être à l'écoute des besoins de son enfant sans jugement : couleurs, jouets, vêtements, pronoms… Offrir un accès libre à ces éléments […] permet de diminuer le conditionnement du genre. […] C'est ainsi que nous retirerons tout sens genré donné à des choses qui n'en ont en fait pas ; un vêtement n'est rien d'autre que du tissu. »**

62. *Une histoire de genres : guide pour comprendre et défendre les transidentités*, Lexie, Marabout, 2021.

Les petites filles sont parfois élevées dans une ambiance rose depuis le jour de leur naissance, voire avant. À en juger par les décorations des fêtes organisées depuis peu en France, à l'image de la coutume états-unienne des *baby showers*, le concept « rose pour les filles et bleu pour les garçons » est l'une des premières choses qui semble radicalement différencier garçons et filles.

Le bleu renvoie à un imaginaire de force, le rose à un imaginaire de douceur. C'est dans cet état d'esprit que les enfants viennent le plus souvent au monde. Les parents projettent la personnalité de leur enfant en fonction de leur genre.

Il faut à mon sens lutter à tout prix contre cette détermination réductrice. Elle n'est que la résultante du capitalisme patriarcal et elle engendre chez les enfants des injonctions, dès le plus jeune âge. Certaines catégories de couleurs - comme le rose, le mauve ou tout ce qui est pastel - sont étiquetées « féminin » et les couleurs plus sombres - comme le bleu, le vert ou le noir - sont étiquetées « masculin ». L'ensemble des objets et jouets à destination des enfants reprend massivement ce code couleur binaire. Si l'on n'interroge pas cette construction sociale, les enfants se retrouvent à devoir s'habiller de telle façon et à jouer avec tels jouets, car c'est ce qui se fait quand on est un garçon ou quand on est une fille. Cela amène précocement l'idée qu'il n'y a pas réellement d'égalité, que les genres féminins et masculins sont bien distincts, puisqu'ils ont des besoins différents, qui témoignent de leurs qualités différentes. Ce carcan capitaliste empêche également les enfants de faire des choix propres et de se construire en tant qu'individus en dehors des cases prédéfinies par leur genre.

En tant que parents, il nous en faudra de l'énergie pour contrebalancer tout ce que la société capitaliste diffuse comme graines sexistes dans le cerveau de nos enfants. En effet, chaque année, à l'approche de Noël, le marketing genré est à son comble. Des rayons bleus et roses inondent les grandes surfaces et incitent les parents à consommer des jouets en fonction du genre de leurs enfants et non de leurs goûts.

De nombreuses personnes ont œuvré pour faire prendre conscience aux grandes enseignes de jeux et jouets de la toxicité de leurs manœuvres commerciales. Je peux citer ici l'association Pépite sexiste, spécialisée dans la sensibilisation aux stéréotypes de genre diffusés dans le marketing (compte Instagram @pepitesexiste). C'est une belle réussite. Aujourd'hui, les enseignes sombrent de moins en moins dans les clichés genrés en optant pour un rangement des rayons des jeux et jouets par catégories.

Cela évite-t-il les stéréotypes de genre dans les rayons des magasins de jouets ? Assurément non, mais il faut reconnaître qu'il y a un mieux. J'aimerais voir plus de petits garçons sur les emballages de cuisines miniatures au rayon des jouets d'imitation ; je voudrais aussi plus de filles dans les rayons des jeux de construction ou des petites voitures en tout genre.

Pourquoi est-ce si important ? Si les jeux et jouets ne sont plus étiquetés « féminin » ou « masculin », mais deviennent tout simplement neutres, les enfants pourront faire de véritables choix sans être sous l'influence de ces représentations. Il nous incombe donc en tant que parents de compenser ce que le marketing n'a pas encore réussi à accomplir : sortir des stéréotypes de genre.

Il y a aussi un immense travail à faire concernant les émotions. En effet, l'accueil qui est réservé aux émotions des enfants n'est pas le même en fonction du genre. Les larmes des filles sont, par exemple, attendues et banalisées, quand celles des garçons, à l'inverse, sont stigmatisées. La colère des garçons, à l'inverse, est davantage acceptée que celle des filles. Les enfants grandissent de fait avec des présupposés toxiques sur la manière de gérer leurs émotions, ce qui a une implication directe sur l'estime de soi. En effet, si un adulte laisse entendre à un·e enfant qu'il est étonnant de ressentir telle émotion ou de réagir de telle manière, cela peut avoir un impact profond sur sa confiance en elle ou en lui. Il ne s'agit pas uniquement à mon sens d'accueillir les émotions de chacun·e en attendant que ça passe, cela serait sous-estimer l'impact de la société patriarcale elle-même. Encore une fois ici, il est question de se poser et de discuter de tout cela avec ses enfants. Vos enfants ont besoin de se sentir libres de vous parler, mais aussi de désapprendre ce que la société leur transmet afin de pouvoir envisager leur rapport au monde avec plus d'égalité et d'équilibre.

Pistes concrètes et ressources :

- Toujours proposer à son enfant de choisir et ne pas lui proposer systématiquement ce que l'on pense qui lui ferait plaisir en fonction de son genre. Cela va des couleurs aux vêtements, en passant par les activités extrascolaires.

- Ouvrir un dialogue réel sur ce que la société véhicule comme stéréotypes et exprimer votre désaccord à l'égard de ces normes, à la fois en tant que personne et en tant que parent. Ne pas hésiter à demander aux enfants leur avis sur ces stéréotypes, vous serez peut-être étonné·e par la richesse et la justesse de leur contribution.

- Accompagner et soutenir l'enfant dans ses choix. Par exemple, un petit garçon qui souhaite avoir les cheveux longs peut parfois rencontrer des difficultés sociales : mégenrage, moquerie dans le milieu scolaire… Il convient de lister ces désagréments et d'en parler, d'apprendre à l'enfant comment réagir aussi. Vous devrez lui faire comprendre que ses choix sont justes, puisqu'ils correspondent à ses goûts, et que la stigmatisation subie n'est absolument pas justifiée. Certains enfants en font une force et apprennent à répondre aux personnes qui les jugeraient ou les mégenreraient. Il est intéressant de commencer tôt, car plus l'enfant grandit, plus ces remarques risquent de faire des dégâts importants.

- Faire attention au vocabulaire que l'on utilise pour qualifier nos enfants. Sortir des sacro-saints « Tu es belle » pour une fille et « Tu es fort » pour un garçon permet d'éviter que nos enfants interprètent ces qualités comme étant indispensables pour être un bon garçon ou une bonne fille. Attention ! Il ne s'agit pas de diaboliser le fait de dire à une petite fille qu'elle est belle ou à un petit garçon qu'il est fort. L'enjeu se trouve dans le fait de varier les qualités que l'on souligne chez l'enfant, l'objectif étant de ne pas se limiter à une qualité récurrente.

- Prendre le temps d'observer et de discuter du travail de l'illustratrice montréalaise Elise Gravel sur les stéréotypes de genre.

« Ces illustrations n'obligent personne à être quoi que ce soit. Elles donnent tout simplement la permission aux enfants d'être autre chose. Autre chose que ce que les stéréotypes sexuels leur imposent [63]. »

Dans cet album, les filles peuvent être bruyantes, fortes et drôles, et les garçons peuvent pleurer, prendre soin des autres ou encore être coquets. Ces affirmations positives sont renforcées par des illustrations drôles et puissantes qui plairont aux adultes comme aux enfants.

JE LUTTE CONTRE LES STÉRÉOTYPES DE GENRE POUR LA LIBERTÉ DE MES ENFANTS !

« Je respecte les choix vestimentaires de mes enfants en leur faisant comprendre que les rayons de filles et de garçons ne doivent pas les empêcher d'aller choisir leurs vêtements où cela leur fait plaisir. »

#MONGRANDPASFÉMINISTE

63. huffingtonpost.fr

LA NÉCESSITÉ D'OFFRIR DE MULTIPLES REPRÉSENTATIONS À SES ENFANTS

La littérature jeunesse fourmille d'ouvrages qui permettent d'offrir des représentations à l'opposé de l'idée patriarcale de ce que devrait être une petite fille ou un petit garçon.

Voici une liste non exhaustive qui pourra vous aider :

- Commençons par un conte de fées sans prince charmant : *Princesse princesse*[64], de Katie O'Neill, raconte l'histoire de deux princesses, dont l'une est prisonnière et va se faire libérer par l'autre. Entre elles va naître une superbe amitié.
- *Histoire de Julie qui avait une ombre de garçon*[65], de Christian Bruel, Anne Bozellec et Anne Galland, est l'histoire d'une petite fille qui se retrouve un jour avec une ombre de garçon, parce qu'elle a été qualifiée de garçon manqué par ses parents.
- *Les filles peuvent le faire aussi ! ;* Les garçons peuvent le faire aussi[66] ! de Sophie Gourion et Isabelle Maroger, est un livre qui invite les enfants à être libres !
- Ensuite, un livre tout en douceur pour aborder le consentement dès le plus jeune âge : *Je peux te faire un bisou ?*[67] de Soline Bourdeverre-Veyssière, illustré par Chloé Fruy.
- Déjà un grand classique : *Histoires du soir pour filles rebelles : 100 destins de femmes extraordinaires*[68] d'Elena Favilli et Francesca Cavallo.
- *Ni poupées, ni super-héros !*[69] est un livre que l'autrice, Delphine Beauvois, destine à être le « premier manifeste antisexiste » de son jeune lectorat. Illustré par Claire Cantais, il propose aux enfants des outils pour être soi.

64. *Princesse Princesse*, de Katie O'Neill, Bliss Comics, 2020.
65. *Histoire de Julie qui avait une ombre de garçon*, Christian Bruel, Anne Galland et Anne Bozellec, Thierry Magnier, 2014.
66. *Les filles peuvent le faire aussi ! ; Les garçons peuvent le faire aussi !*, Isabelle Maroger et Sophie Gourion, Gründ, 2019.
67. *Je peux te faire un bisou ?*, Soline Bourdeverre-Veyssière, illustrations : Chloé Fruy, Il était un ebook, 2019.
68. *Histoires du soir pour filles rebelles : 100 destins de femmes extraordinaires*, Elena Favilli et Francesca Cavallo, Les Arènes, 2017.
69. *Ni poupées, ni super-héros ! : mon premier manifeste antisexiste*, Delphine Beauvois, illustrations : Claire Cantais, La Ville brûle, 2015.

Du côté des dessins animés :

- Le dessin animé *Vaiana* présente une héroïne qui a clairement d'autres projets que celui de trouver un mari et d'avoir une vie rangée.
- Mon héroïne *badass* préférée est Mérida dans *Rebelle*. Encore une jeune fille qui refuse de se marier et qui décide de participer à un concours traditionnellement réservé aux garçons. Elle est drôle, puissante et ne tient pas en place. Cela tombe bien, c'est exactement l'inverse de ce que la société attend des petites filles !
- *Mulan* met en scène un personnage féminin fort qui désobéit aux ordres de son père, car elle se sait destinée à l'art de la guerre. Certes, elle se marie à la fin, mais son parcours de vie passe par des détours inattendus parce qu'elle suit ses propres aspirations et cela mérite que l'on s'y penche.
- *Les Indestructibles 2* : dans ce deuxième opus, les qualités de super-héroïne de la mère sont requises et elle part travailler tandis que le père garde les enfants et s'occupe de la maison. Sans tomber dans les clichés, ce film nous offre, et c'est rarement le cas, une représentation inversée des rôles genrés au sein du foyer.
- Les films de Hayao Miyazaki (mes préférés sont *Princesse Mononoké* et *Kiki la petite sorcière*) sont tous, à différents niveaux, marqués par un féminisme puissant, à travers des personnages féminins parfois vulnérables, mais jamais plus que les personnages de garçons. Elles sont intelligentes, possèdent des pouvoirs extraordinaires et montrent un réel besoin d'indépendance.
- *Chouette, pas chouette* est un programme de seize épisodes diffusés gratuitement sur Bayam, une application ludo-éducative pour les 3-10 ans. Cette série a pour objectif d'amener les enfants à se questionner sur les stéréotypes de genre et le sexisme ordinaire.

JE DONNE UNE ÉDUCATION FÉMINISTE À MES GARÇONS

« Mon grand pas féministe, c'est d'offrir le livre Nous sommes tous des féministes à mon Louis de huit ans, pour qu'il le lise avec mon Marius de trois ans. »

#MONGRANDPASFÉMINISTE

EN MARCHE VERS LA LIBERTÉ : EXPLIQUER LA DIVERSITÉ

« Tu as un amoureux ? »

Je me suis toujours demandé pourquoi les adultes ont une obsession pour les amours des enfants et que, par ailleurs, les autres sujets ne semblent les intéresser que très rarement.

Enfant, quand je me retrouvais face à des adultes que je ne connaissais pas, l'une des premières questions que l'on me posait était souvent celle-ci ; or, elle est problématique sur plusieurs aspects. D'abord, elle est adultiste. Ayons en effet l'honnêteté d'admettre que cela ne nous viendrait pas à l'esprit de demander cela à une personne adulte que l'on connaît à peine.

DÉFINITION

« Le terme **adultisme** se réfère aux comportements et attitudes fondées sur l'hypothèse que les adultes sont meilleurs que les jeunes, [que les adultes] savent forcément mieux ; mais également qu'il est acceptable de traiter les enfants de façon irrespectueuse, d'une manière dont un adulte ne serait pas traité dans des circonstances similaires[70]. »

Que pensez-vous que cette question puisse provoquer si on est une petite fille qui aime une petite fille ou un petit garçon qui aime un petit garçon ?

Il est à craindre que les enfants intègrent très tôt le fait que leurs sentiments sont impossibles, voire anormaux. Vous avez peut-être déjà entendu que les amours des enfants, ce n'est pas important. Eh bien, je vous assure que les personnes qui prononcent ces mots ont oublié toutes les effluves de leurs amours d'enfance.

Il est fondamental, à mon sens, d'évoquer d'autres formes que l'hétérosexualité le plus tôt possible avec nos enfants, pour que le sujet leur semble tout de suite naturel.

Il est beaucoup plus sain d'expliquer à un·e enfant que l'on peut aimer une fille, un garçon, les deux, aucun des deux... que de rendre tabou tout ce qui n'est pas hétérosexuel. Cela risque d'avoir pour conséquence un mal-être profond chez l'adolescent·e.

« Tu comprendras quand tu seras plus grand·e ! »

Les enfants ont une très grande capacité à comprendre les choses ! On les juge longtemps incapables de prendre la mesure d'énormément de sujets, mais je me demande s'il n'est pas davantage question de notre lâcheté que de leur immaturité. Mes enfants ont neuf et dix ans et nous avons déjà abordé avec eux, depuis bien longtemps, les questions de l'homosexualité, de la bisexualité ou encore de la transidentité, par exemple.

70. oummi-materne.com

Si nos enfants ne savent pas même que cela existe, comment leur sera-t-il possible de se sentir libres et de s'assumer, en cas d'appartenance à ces minorités ?

Comment leur sera-t-il possible d'être de bon·nes allié·es LGBTQIA+ sans savoir ?

Comment être féministe et penser que nos enfants n'ont pas besoin aussi d'en savoir plus sur le monde, que ce que la société érige comme vérité absolue ?

À force de répéter cette phrase aux enfants et de leur refuser de parler de tel ou tel sujet, on crée des tabous. Nos enfants n'oseront peut-être plus nous parler par la suite ou en tireront la conclusion que c'est quelque chose de grave, d'un peu honteux, alors qu'il faudrait en faire un truc banal, une simple description du monde et de sa diversité.

On ne peut clairement pas se satisfaire de ce que la société a à offrir en matière de représentations, c'est le cas dans de nombreux domaines.

Comment faire concrètement ?

- Si une conversation sur le thème de l'amour émerge, il est important d'évoquer la possibilité d'aimer quelqu'un sans spécifier de genre.
- Il est primordial de répondre aux questions de son enfant au moment où il les pose. À tout âge, il est possible d'expliquer les choses, tout dépend des mots que l'on choisit. Nul besoin d'entrer dans certains détails, à chaque âge ses spécificités. Par exemple, il est en fait très simple d'expliquer à un·e enfant les transidentités en disant qu'une personne peut être née avec un sexe de fille et être tout de même un homme et vice versa. Contrairement aux adultes, les enfants n'ont pas de préjugés et prennent les informations pour ce qu'elles sont, c'est-à-dire une précision sur le monde qui les entoure. Il y a peu, j'ai expliqué la non-binarité à mes fils : je leur ai simplement dit qu'il n'y avait pas que le genre fille et le genre garçon et que certaines personnes étaient non binaires. Leur réaction ? Me demander quel pronom utiliser pour parler de ces personnes. Voilà pour moi encore une belle preuve que l'on sous-estime très injustement la capacité de compréhension des enfants, qui souhaitent apprendre et ne sont pas encore à un âge auquel de telles informations chamboulent l'ordre qu'a établi la société binaire et patriarcale dans leur esprit. Et c'est précisément pourquoi il ne

faut pas attendre pour aborder toutes ces questions. Pour vous aider, je vous recommande le travail de Sophie Labelle, une autrice québécoise qui est institutrice. Elle a publié sur son site web une bande dessinée intitulée *Assignée garçon*, qui raconte les aventures de Stéphie, une fille transgenre. L'association nationale transgenre a également édité en 2015 un petit guide informatif à destination des enfants et des adolescent·es transgenres et de leur famille. Il s'intitule *Si mon genre m'était conté…* Il me semble tout aussi pertinent de le présenter à des enfants qui ne seraient pas transgenres pour les aider à comprendre et à devenir ainsi de solides allié·es.

- On entend régulièrement que l'on doit préserver nos enfants de l'actualité, je pense tout autrement. Il est utopique d'imaginer pouvoir y échapper. Il est fondamental, au contraire, de recueillir leur compréhension pour pouvoir créer un échange. Un événement peut être le point de départ d'une conversation profonde et importante. Par exemple, dans notre famille, suite à la tuerie d'Orlando[71], nous avons pu expliquer à nos enfants l'homophobie et ses manifestations les plus terribles. Ils n'ont eu aucun mal à comprendre que l'on puisse aimer un homme, une femme ou les deux, mais les violences LGBTQIA+phobes ont fait émerger chez eux un profond sentiment d'injustice.
- Nous avons emmené nos enfants à la Marche des fiertés quand ils avaient huit et sept ans. Cela a été l'occasion de leur expliquer l'importance de cette manifestation pour les personnes LGBTQIA+.
- En écoutant et en décortiquant le morceau *Amour censure* d'Hoshi, nous avons raconté à nos enfants ce qu'était le mouvement de la Manif pour tous[72].
- Je vous conseille aussi de regarder avec vos enfants un court-métrage de qualité, intitulé *OUT*[73]. Il traite du coming out de manière drôle et émouvante. Un autre court-métrage, *In a Heartbeat*[74], met en scène deux personnages masculins qui tombent amoureux. D'une part c'est très émouvant, d'autre part, il dénonce efficacement les conséquences de l'homophobie.

71. Il s'agit de l'attentat par fusillade qui a eu lieu le 12 juin 2016 dans la boîte de nuit LGBTQIA+ le Pulse (Orlando, États-Unis). Quarante-neuf personnes perçues comme homosexuelles ont été abattues.

72. La Manif pour tous est un collectif d'associations qui s'oppose à la loi ouvrant le mariage aux personnes homosexuelles et à l'adoption aux couples de personnes de même genre.

73. Disponible sur Disney+.

74. Disponible sur YouTube.

JE FAIS EN SORTE QUE LES TRANSIDENTITÉS NE SOIENT PAS UN TABOU POUR MES ENFANTS

« J'ai lu le coming out trans d'Elliot Page et ma fille est passée à côté de moi. J'ai saisi l'occasion pour lui expliquer avec des mots simples ce que voulait dire transgenre. »

#MONGRANDPASFÉMINISTE

LE CONSENTEMENT, ÇA S'APPREND !

La sensibilisation au consentement n'a rien à voir avec l'éducation sexuelle. Il s'agit là de faire prendre conscience aux enfants que leur corps leur appartient et que personne n'est en droit d'exiger quoi que ce soit, sans leur accord préalable.

Le consentement n'est pas quelque chose que l'on peut s'approprier si l'on n'a jamais été éveillé·e en ce sens. Les chiffres concernant les violences sexistes et sexuelles témoignent d'un réel manquement en matière d'éducation. Pourtant, de nombreuses petites choses permettent de faire comprendre à un·e enfant que personne n'a de droit sur son corps, pas même les membres de sa famille.

« Fais un bisou à Mamie/Papi ! »

Aussi sympathique soit la mamie ou le papi, il convient de ne jamais obliger un·e enfant à recevoir ou à donner un baiser, qui plus est à un·e adulte. Cette obligation adultiste envoie un message hautement dangereux : des personnes ont le droit d'exiger de faire des choses sur mon corps, alors que je n'ai pas envie et que je l'ai formulé. Cette réflexion est évidemment valable pour les filles comme pour les garçons. Elle marche aussi pour les câlins, les chatouilles ou tout autre contact que les adultes peuvent indûment juger inoffensif.

Le consentement des enfants doit être respecté pour les encourager à le faire respecter et leur permettre d'intégrer que leur corps leur appartient pleinement.

Il n'est pas souhaitable d'attendre que les enfants posent des questions sur le consentement ou, pire encore, vivent des situations traumatisantes, pour faire la démarche d'expliquer ce concept.

Je vous conseille la petite bande dessinée d'Elise Gravel, disponible gratuitement sur son site[75]. Elle explique simplement que sans « oui » verbalisé, c'est « non » et qu'ainsi, pour obtenir le consentement d'une personne, il est nécessaire de lui poser la question directement.

Respecter le consentement des enfants passe également par le fait de ne pas les forcer à manger un aliment non apprécié, par exemple. En clair, éduquer son enfant au consentement revient à remettre en cause l'autorité que l'on pense avoir de droit sur sa personne.

DÉFINITION

Autorité : « pouvoir de décider ou de commander, d'imposer ses volontés à autrui[76]. »

C'est dans notre capacité à questionner ce que l'on impose aux enfants que résident les fondements mêmes de l'éducation au consentement. Nous n'évoluons pas actuellement dans une société qui encourage et prône la bienveillance de quelque façon que ce soit. Cela a des conséquences profondes sur la manière dont nous concevons l'éducation de nos enfants.

75. elisegravel.com/blog/consentement-explique-aux-enfants
76. larousse.fr

Or, il faut nous efforcer d'incarner ce que nous souhaitons pour nos enfants et cela passe à mon sens par la remise en question de toute forme de violence éducative ordinaire.

DÉFINITION

Violence éducative ordinaire (VEO) : « violence physique, psychologique ou verbale utilisée envers les enfants à titre éducatif communément admise et tolérée. Cela va du chantage affectif à l'humiliation ou encore à la fessée, par exemple[77]. »

Pour beaucoup de personnes, obliger un·e enfant à embrasser ou à câliner un membre de sa famille n'est pas un problème ni même une question, puisque les enfants doivent obéir aux adultes qui sont responsables d'elles et eux. Cette certitude est toxique, dangereuse et produit des violences éducatives ordinaires, même si beaucoup trouveront à la lecture de ce passage que j'en fais tout un plat. Je suis intimement persuadée que l'on ne peut pas convaincre les enfants de quelque chose que l'on s'autorise à enfreindre. Autrement dit, on ne peut pas élever un·e enfant en lui expliquant que personne ne peut agir sur lui sans son consentement tout en l'obligeant à faire ou à subir des choses sur son corps.

Il faut comprendre aussi le lien entre le manque d'éducation au consentement, les VEO et la pédocriminalité[78].

La parole des enfants n'est pas suffisamment entendue. C'est l'une des conséquences de l'adultisme. Lorsqu'un enfant raconte, par exemple, qu'un·e de ses camarades lui a mis la main dans la culotte ou lui a touché les fesses, il n'est pas rare que les adultes banalisent, sous prétexte que l'acte a été commis par un enfant. Or, en faire quelque chose d'anodin pour un enfant, c'est lui mettre potentiellement dans la tête que si un adulte le fait, au fond, ça ne doit pas être si grave. Cela risque de dangereusement réduire l'enfant victime d'inceste ou de pédocriminalité au silence.

77. stopveo.com
78. La pédocriminalité désigne la criminalité à l'encontre des enfants. Pendant de nombreuses années, le terme *pédophilie* était utilisé à la place de *pédocriminalité*. Nous devons avec force bannir ce mot qui, étymologiquement, renvoie à la notion d'amour et d'attirance physique.

J'ai bien conscience que l'éducation au consentement ne fera pas disparaître la pédocriminalité, mais elle pourra peut-être prévenir l'instauration d'un silence absolument dévastateur. Actuellement, les victimes prennent souvent conscience que leur consentement a été bafoué beaucoup trop tard, c'est-à-dire quand leur esprit ou leur corps tout entier dysfonctionne. Cela mérite que l'on prenne cette question d'éducation au sérieux. J'ai fait un live avec Hugo, le transpoète aux commandes du compte @la.peau.d.hugo, dans lequel il était question des enjeux de la lutte contre la pédocriminalité et l'inceste dans nos militantismes. Il m'a semblé important de vous partager ici quelques-uns de ses mots :

> **« Le cœur du sujet, il est là : faisons exister les enjeux de la lutte contre l'inceste et la pédocriminalité dans nos militantismes, qu'ils soient féministes, queer, contre la grossophobie, antiracistes, antivalidistes, contre les LGBTQIA+phobies. Cette lutte vient se nicher dans toutes les autres. [...] Si on luttait contre l'infantilisation et les violences faites aux enfants, cela aurait un impact direct sur toutes les autres luttes. C'est une lutte première, si on lutte à cet endroit-là de l'enfance, on fait un bond énorme pour nos luttes d'adultes. »**

Ressources complémentaires sur les questions de pédocriminalité et d'inceste :

- *Le Berceau des dominations* de Dorothée Dussy[79] est décrit comme l'ouvrage de référence sur ces questions.
- Le compte Instagram de @deconstruction.pedocriminalite milite contre l'adultisme, les violences pédocriminelles et l'inceste.
- Le podcast *Ou peut-être une nuit* de Charlotte Pudlowski (Louie Media) est un incontournable pour prendre la mesure des violences pédocriminelles dans notre société.

79. *Anthropologie de l'inceste : le berceau des dominations*, Dorothée Duy, Pocket, 2021.

Pistes et ressources pour expliquer le consentement aux enfants :

- En ce qui me concerne, j'ai toujours saisi la moindre occasion pour aborder la question du consentement de manière détournée avec mes enfants. La vie regorge d'opportunités que nous devons saisir. C'est ce que j'ai fait, par exemple, lorsqu'un inconnu a voulu caresser la tête de mon enfant de quatre ans dans un magasin (la réaction de la personne m'a d'ailleurs prouvé à quel point ce sujet était crucial dans l'éducation de mes enfants).

- Je n'ai jamais fait de choix qui implique le corps de mes enfants sans leur consentement et, quand ils étaient petits, je les prévenais toujours avant d'agir. On tourne souvent cette méthode au ridicule en pointant du doigt l'incapacité de l'enfant à répondre dans sa toute petite enfance. Il n'est évidemment pas question d'attendre le « oui » d'un bébé, mais d'être prévenant et de nommer ce que l'on va pratiquer sur le corps de l'enfant.

- Je n'ai jamais insisté pour avoir un bisou ou câlin ni pour qu'ils en donnent à qui que ce soit. Et nous avons clairement verbalisé que nous n'avions pas de pouvoir là-dessus, car ce n'était pas notre corps. Il convient aussi parfois d'éduquer l'entourage, qui peut forcer les enfants sans ménagement, « par amour », pour avoir un câlin ou un bisou. Il faut en parler et se préparer au fait que l'on va nous juger, car encore peu de gens prennent cela au sérieux.

- Nous n'avons jamais non plus estimé que c'était à nous de choisir la coupe de cheveux de nos enfants. Je leur proposais de couper simplement les pointes pour qu'ils ne s'abîment pas, c'est tout. J'ai eu des réactions ahurissantes autour de moi, d'autant plus que ce sont des garçons et que, oui, un garçon, ça doit avoir les cheveux courts. Ce qui est puissant et donne de l'espoir, je trouve, c'est la manière dont les enfants, même très jeunes (vers cinq ans) s'emparent du discours qu'on leur transmet pour refuser ensuite des actes auxquels ils ne consentent pas. Par exemple, j'avais appris à mes élèves que, pour donner la main quand je leur demande de se mettre en rang dans le couloir, il fallait d'abord demander à la personne si elle était d'accord. Cette consigne a été appliquée très naturellement.

- Nous avons toujours insisté sur le fait qu'il leur était défendu de toucher le corps des autres enfants, tout comme il était interdit aux autres enfants de toucher le leur. Nous n'avons jamais banalisé cela : même dans un jeu, ces gestes ne sont pas acceptables.

- Si vous souhaitez approfondir la question des VEO, je vous conseille le compte Instagram de @fannyvella. J'aime tout ce qu'elle réalise, mais je cible particulièrement le hashtag #etsionchangeaitdangle. Ce mot dièse est devenu un livre, qui explique avec humour ce qu'est l'adultisme, en transposant les demandes que l'on fait aux enfants à des adultes[80].
- Le site apprendreaeduquer.fr propose une vidéo explicative très bien faite à destination des enfants, à partir de six ans : *Le consentement expliqué aux enfants.*
- L'ouvrage *Qui s'y frotte s'y pique ! ou Comment Mimi a appris à dire non*[81] de Marie-France Botte et Pascal Lemaître est vraiment une référence sur la question. L'autrice et l'auteur parviennent à atteindre plusieurs objectifs : prévenir la silenciation des violences sexuelles et pédocriminelles, et proposer des phrases clefs qui aideront les enfants à s'affirmer, et à formuler leur consentement ou leur non-consentement.

Ainsi, devenir mère et voir grandir mes enfants dans une société patriarcale m'a donné envie d'en apprendre encore davantage sur le féminisme, mais également sur les différentes formes d'oppression que l'on peut subir dans la société. J'ai voulu apprendre et écouter le vécu de celles et ceux qui ne sont pas, contrairement à moi, des personnes privilégiées. Cette volonté d'être une alliée en perpétuelle déconstruction naît de mon souhait de faire de mes enfants les meilleurs des alliés possibles.

80. ***Et si on changeait d'angle***, **Fanny Vella, Éditions Ailes et Graines, 2020.**
81. ***Qui s'y frotte s'y pique ! ou Comment Mimi a appris à dire non***, **Marie-France Botte, Pascal Lemaître, l'Archipel, 1997.**

03

J'AI DÉCONSTRUIT LA NOTION MÊME DE FÉMINISME POUR LA REPLACER AU CŒUR D'UNE NÉCESSAIRE CONVERGENCE DES LUTTES

DISCLAIMER !

Chaque jour, je m'instruis pour comprendre les personnes qui, contrairement à moi, subissent de multiples oppressions, autrement dit qui se trouvent à l'intersection de plusieurs discriminations, pour leur être la meilleure alliée possible. Je suis aujourd'hui certaine qu'il est indispensable d'envisager chaque oppression spécifique pour penser le féminisme et combattre le sexisme sous toutes ses formes. Mon objectif, dans ce chapitre, est de vous convaincre de la nécessité de penser la convergence des luttes pour faire évoluer notre combat.

J'ai conscience que ma parole est celle d'une personne privilégiée. Mes recherches et ma déconstruction sont toujours en cours, aussi, si par mégarde il m'arrive dans cette partie d'utiliser des termes ou des formulations qui ne sont pas adéquates, je m'en excuse par avance. Je ne peux ni ne dois m'exprimer au nom des personnes qui subissent ces oppressions, ni même transmettre objectivement leurs ressentis.

J'ai à cœur de vous partager des vécus bruts, qui pourront vous aider à approfondir différentes notions. C'est pourquoi j'ai souhaité consacrer un chapitre de mon livre à des témoignages. J'en ai recueilli beaucoup, tous infiniment précieux et justes, mais il m'a malheureusement été impossible de les retenir tous. Cependant, il vous sera possible de les retrouver en intégralité sur le site des Éditions Mango[82].

82. mangoeditions.com/lnlg-temoignages

LES SUJETS DU FÉMINISME NE FORMENT PAS UN GROUPE HOMOGÈNE

NOUS ?

Pour mettre en lumière les multiples expériences de sexisme spécifique, il était important pour moi d'être inclusive sur mon compte Instagram.

DÉFINITION

Un **féminisme inclusif** est un féminisme qui inclut dans ses luttes l'ensemble des personnes qui subissent ce contre quoi le féminisme se bat : le sexisme.

Quand j'ai ouvert mon compte, j'avais le projet d'être ce que j'appelais une « faiseuse de slogans féministes ». J'avais envie d'écrire à la main, avec un feutre noir sur un carnet, des slogans dont les femmes[83] pourraient se saisir pour exprimer leur colère. Je tenais à ce que toutes puissent s'identifier à mon propos et j'ai donc naturellement employé les pronoms personnels *nous* et *on*. Je cherchais à me définir, je voulais être inclusive, mais je me demandais si j'étais légitime à me dire intersectionnelle. Ces questions n'ont eu de cesse de me travailler. Je me suis très rapidement rendu compte que, parmi toutes les personnes qui subissent le sexisme, beaucoup ont un vécu et des problématiques qui leur sont propres et dont je n'avais en fait absolument pas compris les enjeux. En réalité, je n'avais pas la moindre idée des différentes strates qui composaient ce *nous* que j'utilisais naïvement.

Nous devons le terme *intersectionnalité* à Kimberlé Crenshaw, professeuse d'université, avocate et militante afroféministe, qui l'a formulé pour la première fois en 1989. Elle explique dans une interview au *Washington Post* en quoi ce concept est fondamental pour envisager une lutte efficace.

83. Je n'avais pas conscience au départ de l'insuffisance du mot *femme* d'un point de vue féministe.

« Les discriminations racistes et sexistes se chevauchent non seulement dans la sphère professionnelle, mais aussi dans les autres domaines de la vie ; de même ampleur, ces deux fardeaux étaient presque entièrement absents du discours féministe d'une part, du discours antiraciste de l'autre. L'intersectionnalité était alors ma tentative de faire en sorte que le féminisme, la lutte antiraciste et la législation contre les discriminations fassent ce dont je les pensais responsables : mettre en lumière les différents biais par lesquels les individus souffrent des oppressions racistes et sexistes, afin de faciliter la discussion et la compréhension de ces problèmes[84]. »

Le terme, qui désigne à l'origine l'intersection des oppressions liées au sexisme et au racisme, s'est ensuite élargi pour englober toutes les discriminations spécifiques supplémentaires dont pouvaient être victimes les personnes identifiées comme femmes. J'ai donc rapidement compris que pour avoir la légitimité de dire « nous », il me fallait encore en apprendre beaucoup sur le vécu de nombreuses personnes. J'ai saisi l'importance fondamentale de donner de la visibilité à ces personnes qui subissent une oppression spécifique, qui en parleront toujours mieux que moi puisque je ne l'ai jamais éprouvée.

Dans cette prise de conscience résidaient les prémisses de ma déconstruction du féminisme en lui-même. Comme si, subitement, je comprenais que celui que je m'étais construit n'était que de surface, un féminisme de privilégiée (ce que je suis), qui n'englobait pas toutes les problématiques. Je me suis donc intéressée aux différents courants du féminisme pour approfondir mes recherches et préciser mon positionnement.

84. « Kimberlé Crenshaw, l'intersectionnalité et le féminisme français », roseaux.co, 2017.

LA LUTTE FÉMINISTE SE DOIT DE NE PAS ÊTRE UNIVERSELLE

La définition stricte du féminisme (« mouvement militant pour l'amélioration et l'extension du rôle et des droits des femmes dans la société[85] ») sous-tend l'idée que les femmes sont un groupe homogène et, de fait, subissent des oppressions communes. Ce raccourci est à l'origine de l'approche universaliste du féminisme.

DÉFINITION

Le **féminisme universaliste** (ou *mainstream)* est l'idéologie la plus répandue en France, notamment au sein de l'État et de ses institutions. Ce féminisme se concentre sur la lutte contre le sexisme, qu'il érige ainsi comme l'oppression la plus menaçante de notre société. Ce mouvement est porté par des femmes blanches, cisgenres, hétérosexuelles, valides : en un mot, par des personnes privilégiées qui ne sont victimes que d'une seule discrimination, le sexisme. Il ne tient pas compte de la singularité du vécu des personnes, des oppressions spécifiques qu'elles subissent et ne défend donc pas le principe d'intersectionnalité. Le mouvement *mainstream* ne s'inscrit pas dans une perspective de convergence des luttes.

Ce féminisme universaliste s'accroche à l'illusion que les femmes doivent être libres partout, de la même façon. On comprend vite que cela ne peut pas fonctionner. Dire « je ne vois pas les couleurs, on est toutes et tous le fruit de la race humaine » ne fait pas disparaître le racisme d'un coup de baguette magique. De la même manière, dire « les femmes subissent toutes du sexisme, alors c'est contre lui et lui seul que nous devons lutter » ne fait pas disparaître les oppressions dont les personnes identifiées comme femmes peuvent être victimes par ailleurs. C'est une posture de privilégiées de penser qu'il est possible d'isoler le sexisme des autres discriminations.

Puisqu'elle est incomplète, l'approche universaliste engendre certaines dérives dont il faut prendre la mesure. Penser qu'il n'y a qu'une seule façon d'être libre, donc une seule façon de militer pour la cause

85. larousse.fr

des femmes et des minorités de genre, a pour conséquence d'invisibiliser la singularité des vécus et des croyances. L'exemple des personnes qui portent le foulard en est une parfaite illustration.

Le féminisme universaliste utilise le fait que des personnes sont contraintes de le porter dans certaines régions du monde pour réclamer l'abolition universelle de cette pratique, comme si retirer le foulard était la condition de libération de toutes les femmes. Cela s'opère au détriment des personnes musulmanes qui le portent par choix. C'est ainsi que nous passons du féminisme, qui serait l'objectif de base, à une idéologie ouvertement islamophobe.

Un autre exemple édifiant : celui du travail du sexe. Faire valoir que nombre de personnes subissent ce métier à travers le monde constitue l'argument majeur des féministes universalistes abolitionnistes, alors que certaines personnes font le choix de se prostituer en leur âme et conscience, pour des raisons qui leur sont propres.

Un féminisme juste ne peut donc pas être universel. La classe FEMME que la société a créée n'est pas homogène, elle n'existe pas. En son sein se trouvent une multitude de singularités qui impliquent de militer de différentes manières contre des oppressions différentes.

DÉFINITION

Abolitionniste : qui est en faveur de l'abolition de la prostitution (dans ce contexte).

LE MOT *FEMME* EST UN TERME LACUNAIRE DANS LES MOUVEMENTS FÉMINISTES

« Les pratiques d'exclusion qui fondent la théorie féministe dans une notion des "femmes" en tant que sujet ne sabotent-elles pas paradoxalement les ambitions féministes d'en élargir "la représentation"[86] ? »

Cette année 2020 a été une tempête dans ma tête. Depuis l'ouverture de mon compte en février, je me suis livrée à des recherches intensives. J'ai pris conscience que de nombreuses choses que je pensais établies n'étaient en réalité que des constructions sociales. Je n'étais absolument pas déconstruite sur la question du genre par exemple lorsque j'ai commencé mon travail sur Instagram. J'étais de celles qui brandissaient le mot « femmes » pour désigner les personnes étant les sujets du féminisme.

Or, il faut bien comprendre que le féminisme est la lutte commune de toutes les personnes qui subissent le sexisme. Nécessairement, le mot « femme » apparaît réducteur pour représenter l'ensemble des personnes qui en sont victimes.

J'ai commencé progressivement à utiliser l'expression « les femmes et les personnes appartenant à des minorités de genre » afin d'être davantage inclusive. Cette expression me convenait, jusqu'au jour où j'ai lu un article de Juliet Drouar sur Mediapart, intitulé : « "Femme" n'est pas le principal sujet du féminisme ». J'ai décidé de m'emparer du terme qu'iel[87] propose, à savoir « **sexisé·es** », pour désigner « les personnes concernées par le sexisme, donc par la domination des hommes cisgenres, hétérosexuels ». Ce terme qu'iel propose est un dérivé de l'expression « personnes racisées », qui renvoie à l'ensemble des personnes qui subissent le racisme.

J'ai tout de suite été convaincue de la pertinence de ce terme : il permet d'inclure les femmes, les personnes intersexes[88], les personnes

86. « "Les femmes" en tant que sujet du féminisme », Judith Butler, *Raisons politiques*, 2003/4 (n° 12).
87. Pronom de la troisième personne du singulier permettant de désigner les personnes sans distinction de genre.
88. « Les personnes intersexes sont nées avec des caractères sexuels (génitaux, gonadiques ou chromosomiques) qui ne correspondent pas aux définitions binaires types des corps masculins ou féminins. » (unfe.org)

non binaires et les personnes transgenres[89], qu'elles soient assignées femmes ou assignées hommes à la naissance.

L'utilisation du terme *sexisé·es* sur mon compte a tout de suite provoqué de vives réactions, principalement parce qu'il entraînait la disparition du mot *femme* dans certains de mes posts. Expliquer que, dans l'expression « personnes sexisées », les femmes étaient incluses de fait ne suffisait pas à rassurer nombre de mes abonné·es. J'ai pris soin de les renvoyer aussi souvent que nécessaire à l'article de Juliet Drouar.

Pour autant, j'ai appris que ce terme ne mettait pas non plus tout le monde d'accord parmi les personnes concernées. En effet, le terme *sexisé·es* désignant les personnes qui subissent le sexisme, il englobe davantage que les femmes et les personnes appartenant à une minorité de genre. En fait, l'expression « personnes sexisées » rassemble tous les humains à l'exception des hommes cisgenres hétérosexuels. Or, si les hommes cisgenres homosexuels peuvent subir du sexisme, ils ne sont pas pour autant concernés par la lutte féministe au même niveau que les femmes et les personnes appartenant à une minorité de genre.

Ces nuances étant présentées, je conclus en disant qu'il est fondamental de faire attention à nos façons de nous exprimer dans nos luttes. Il serait totalement contre-productif qu'un message se voulant féministe exclut une partie des personnes concernées à cause de l'emploi de mots inappropriés. Les mots sont importants, ils décrivent le monde dans lequel nous vivons. Refuser d'utiliser des termes ou expressions plus inclusives revient à invisibiliser l'existence même d'un grand nombre de personnes. À toutes celles et à tous ceux qui diront qu'il ne s'agit que de nouveaux mots inventés, je rappelle que c'est la définition du langage. À celles et ceux, réactionnaires dans l'âme, qui brandissent un « on a toujours fait comme ça » à la moindre occasion, je réponds deux choses :

- Cette phrase est la plus dangereuse que nous puissions prononcer : elle n'est que la manifestation d'un refus de déconstruction afin d'éviter l'inconfort qu'elle pourrait engendrer.
- Notre langue est une langue vivante, donc ouverte, vouée à être en mouvement, à évoluer.

89. « Le terme *trans*, abréviation pour *transgenre*, est un terme parapluie, c'est-à-dire qui regroupe plusieurs concepts ; ici, plusieurs identités de genre différentes, mais partageant toutes une caractéristique commune : le fait de s'être vu·e·x assigner un genre, à la naissance, d'après nos organes génitaux, mais qui ne nous correspond pas, qui n'est pas le nôtre. » *Une histoire de genres : guide pour comprendre et défendre les transidentités*, Lexie, Marabout, 2021.

Ressources pour approfondir ces questions

- L'ouvrage *Une histoire de genres* de Lexie, du compte Instagram @aggressively_trans, est un véritable guide pour déconstruire le genre et devenir la ou le meilleur·e allié·e possible. C'est aussi une référence pour comprendre les enjeux du transactivisme.
- Les comptes Instagram de @salinleon, @transmaviemeschoix, @transnoir et @la.peau.d.hugo.
- Un compte de référence concernant la non binarité : @payetanon-binarite. Oror y fait de la pédagogie et publie des témoignages de personnes non binaires.
- Le compte @feministangst, qui produit un puissant travail sur la légitimité queer[90], est à mon sens d'une importance capitale pour célébrer nos identités sans crainte.
- Pour finir, je vous conseille le compte de @tal.madesta qui est une personne qui m'a énormément appris, notamment sur la non-binarité. Je vous recommande par-dessus tout son post intitulé « L'épiphanie », qui, je le sais, a aidé de nombreuses personnes en questionnement sur leur genre.
- Océan, un vidéaste transgenre, a écrit, en collaboration avec Alice Diop, une web-série documentaire brillante et touchante, dans laquelle il raconte sa transition.
- Les podcasts *Les femmes trans sont des femmes* et *Comment être un·e bon·ne allié·e des personnes trans ?*, par Camille.
- L'épisode 87 de *La Poudre* « La révolution transféministe avec Sam Bourcier », par Lauren Bastide.
- L'épisode « Explorer les transidentités » avec Lexie dans le podcast *Penser les luttes*.
- Enfin, la série documentaire de France Culture : *Les transidentités, racontées par les trans*.

Avant de laisser la place aux témoignages, je dirais que j'ai compris petit à petit que le combat dans lequel je m'investis pleinement ne peut se définir pertinemment en ignorant la notion fondamentale de convergence des luttes.

90. Voir définition p. 131.

LA NÉCESSAIRE CONVERGENCE POUR PENSER LES LUTTES FÉMINISTES

Pour inaugurer ce chapitre particulier, je souhaite vous partager les paroles et l'enthousiasme de Lauren Bastide, dont je ne me lasse pas :

« Ce qui me donne beaucoup d'espoir dans cette idée de révolution, c'est la convergence des luttes. Plus j'avance dans toutes ces problématiques, plus je me rends compte à quel point la lutte écologiste, la lutte anticapitaliste, la lutte antiraciste, la lutte féministe, etc., tout ça, en fait, ben c'est la même lutte ! C'est la lutte contre un seul et même système, qui écrase toutes les personnes qui ne rentrent pas dans le cadre… ce cadre étant extrêmement petit[91]. »

J'ai eu le sentiment pendant des mois que la partie que vous allez lire était totalement en décalage avec le thème de mon livre. Je me suis heurtée mille fois à la tentation d'abandonner cette aventure ambitieuse. Le thème de cet ouvrage étant la déconstruction au sens large, je m'aperçois finalement que cette partie en est précisément le point culminant. Cette déconstruction profonde, il me fallait en parler, car elle a été pour moi le déclencheur d'un véritable questionnement du féminisme en lui-même. L'injustice, ce sentiment qui m'a d'abord amenée à questionner ma condition de femme au sein de la société patriarcale, m'a aussi poussée à questionner ma manière de parler, de lutter en tant que média-activiste féministe. J'ai compris que faire de la pédagogie féministe sans travailler à comprendre et à mesurer l'ensemble des oppressions subies par toutes les personnes sexisées était absolument contre-productif. Dans ce livre, je tenais à partager mon cheminement à l'instant t, celui d'une personne lambda partie de la remise en question des injonctions liées à la beauté pour arriver aujourd'hui à la notion de convergence des luttes. Je voudrais, à travers les témoignages que j'ai recueillis, vous convaincre de la nécessité d'inclusivité au sein du féminisme. Et ce même si, comme

91. « La bienveillance et l'empathie sont les deux mots-clefs de notre révolution », interview de Lauren Bastide par Elli Mastorou, 8 octobre 2020, rtbf.be.

vous pourrez le découvrir, ce terme peut toutefois ne pas toujours être adapté, voire être maladroit.

Si, pour moi, penser la convergence est aujourd'hui indispensable, j'ai conscience de rester une personne privilégiée qui ne fait pas l'expérience directe de l'intersectionnalité. Je ne revendique donc pas le fait que la convergence soit la solution unique et ultime pour porter nos luttes. Je sais d'ailleurs, pour avoir écouté la parole de personnes concernées, qu'elle est même parfois impossible. Pour comprendre et approfondir ce propos, je vous renvoie vers l'article d'Illana Weizman intitulé « La non-convergence des luttes comme choix politique », publié sur son compte Instagram. En effet, il existe bien *des* féminismes et certains mouvements internes s'opposent à d'autres. Cela ne doit en rien être un frein à la déconstruction individuelle de nos privilèges, qui est pour moi la clef d'un féminisme réaliste, bienveillant et solidaire. J'ai encore tant à comprendre, à lire et à écouter, mais je suis convaincue aujourd'hui de l'interdépendance des oppressions évoquées dans ce chapitre et du sexisme.

Sentez-vous parfaitement libre de parcourir ces mots comme bon vous semble et d'approfondir ce que vous ressentez le besoin de comprendre aujourd'hui. Il vous sera toujours possible d'y revenir plus tard, au fil de l'évolution de votre déconstruction. Car, j'en suis certaine, elle ne manquera pas de vous diriger vers de nouveaux questionnements et les vécus livrés ici par des personnes concernées viendront alors vous éclairer.

PAS DE FÉMINISME SANS :

- LES PERSONNES PRÉCAIRES
- LES PERSONNES TRANSGENRES
- LES PERSONNES RACISÉES
- LES PERSONNES HANDICAPÉES
- LES PERSONNES QUI PORTENT LE FOULARD
- LES PERSONNES GROSSES
- LES TRAVAILLEUREUSES DU SEXE

FÉMINISME ET ANTIRACISME

DÉFINITION

« Une idée **antiraciste** est toute idée qui suggère que les groupes raciaux sont égaux dans toutes leurs différences apparentes – qu'il n'y a rien d'intrinsèquement bon ou mauvais chez aucun groupe racial. Les idées antiracistes affirment que les politiques racistes sont la cause des iniquités raciales[92]. »[93]

J'ai fait le choix de distinguer dans cette partie le féminisme décolonial et l'afroféminisme, car les enjeux de ces luttes présentent des nuances importantes même si elles sont absolument interdépendantes.

Le féminisme décolonial

DÉFINITIONS

Le **féminisme civilisationnel** repose sur le principe du ***white saviorisme***, qui désigne la lutte des Occidentaux pour sauver et civiliser les peuples ayant des modes de vie et des croyances différentes. L'ouvrage de Françoise Vergès, *Un féminisme décolonial*[94], est une référence pour aborder cette question. Elle y décrit le féminisme civilisationnel comme un « féminisme qui a pour mission d'imposer, au nom d'une idéologie des droits des femmes, une pensée unique qui contribue à la perpétuation d'une domination de classe, de genre et de race[95]. »

Françoise Vergès l'oppose au **féminisme décolonial**, qui vise la destruction du racisme, du capitalisme et de l'impérialisme occidental. Elle différencie la colonisation, qui peut être considérée comme une période de l'histoire, du colonialisme, qui lui est un processus permanent.

92. Injustices ou inégalités subies par des groupes raciaux.
93. *Comment devenir antiraciste*, Ibram X. Kendi, Alissio, 2020.
94. *Un féminisme décolonial*, Françoise Vergès, la Fabrique éditions, 2019.
95. « Étude critique des dangers du féminisme civilisationnel, l'exemple de *Un féminisme décolonial* de Françoise Vergès », voiretpenser.hypotheses.org.

Le féminisme civilisationnel que Françoise Vergès dénonce participe au colonialisme, puisqu'il ignore volontairement plusieurs groupes de femmes. Il s'appuie notamment sur un certain remodelage de l'histoire, qui pousse les personnes à croire que les origines du féminisme sont exclusivement blanches. Les luttes féministes plus anciennes sont invisibilisées au profit des différentes vagues que l'on connaît, preuve d'une vision centrée uniquement sur l'Occident.

FOCUS

La **première vague féministe** s'étend de la fin du XIXe jusqu'à la moitié du XXe siècle. Le grand combat de cette vague fut le droit de vote et le mouvement des suffragettes en est l'incarnation. Cette vague est dominée par un féminisme blanc et bourgeois.

La **deuxième vague** commence dans les années 1960 avec l'arrivée massive des femmes sur le marché du travail et dans les universités et l'invention de la pilule. Les femmes prennent progressivement conscience de leur oppression dans différentes sphères : la politique, la famille, la sexualité. Mai 68 est un symbole de ces prises de conscience. L'objectif devient non plus de tolérer des compromis mous, mais de renverser purement et simplement le patriarcat. Aux États-Unis, le Women's Liberation Movement, ou Women Lib, est un mouvement important qui porte ces revendications et qui est fortement lié au mouvement pour les droits civiques.

La **troisième vague** date des années quatre-vingts et débute aux États-Unis. Elle est surtout portée par des militant·es issu·es de minorités dont les oppressions et les revendications avaient été ignorées lors des deux vagues précédentes. La notion d'intersectionnalité émerge à ce moment-là.

Comme le formule Françoise Vergès :

« Il faut que la manière de raconter les luttes féministes change. On ne peut pas continuer à parler d'Olympe de Gouges au XVIIIe siècle si on ne parle pas aussi, dans le même temps, des femmes qui, dans ce qu'on a appelé "Saint-Domingue" et qui deviendra Haïti, se joignent aux insurrections, deviennent des soldates, vont être torturées et assassinées par les armées napoléoniennes[96]. »

« [Être féministe décoloniale], c'est reconnaître que l'oppression des femmes n'est pas seulement une question de domination masculine mais aussi, et surtout, une manifestation de la violence destructrice engendrée par le capitalisme[97]. »

En effet, le capitalisme par essence s'appuie sur une vision profondément raciste du monde : il s'est construit sur l'esclavage et le colonialisme. Il va totalement à l'encontre des luttes des féministes racisé·es, comme l'explique Maya, l'une des personnes ayant créé le compte Instagram @decolonisonslefeminisme :

« Notre société actuelle est imprégnée du colonialisme passé, c'est pourquoi il est aussi important que le féminisme décolonial puisse trouver sa place dans les luttes actuelles. Ainsi, tout l'enjeu du féminisme antiraciste/décolonial est de lutter à la fois contre le sexisme, le racisme et le capitalisme. C'est un féminisme qui se trouve à la croisée de multiples oppressions. »

Les enjeux de l'afroféminisme

Le mouvement afroféministe lutte pour l'égalité hommes-femmes et pour l'égalité de traitement avec les femmes blanches. En France, se distingue notamment le collectif Mwasi, créé en 2014 par un groupe d'Africaines et d'Afrodescendantes, dont voici les revendications :

96. « Le féminisme décolonial selon Françoise Vergès », France Culture, 21 mars 2019.
97. *Un féminisme décolonial*, Françoise Vergès, La Fabrique éditions, 2019.

« Notre plein droit à l'existence, à la libération, au bonheur et à l'autodétermination ; ce que nous obtiendrons par l'abolition de la négrophobie, de l'hétéropatriarcat et du capitalisme. Un afroféminisme comme une pratique politique et non comme une identité[98]. »

Ce collectif milite aussi contre les discriminations à l'emploi, les micro-agressions dans le monde du travail et s'intéresse aux questions de grossesse, de maternité et de santé d'une manière générale.

DÉFINITION

L'afroféminisme lutte ainsi contre toutes les oppressions dont sont victimes les personnes qui se trouvent à l'intersection d'au moins deux oppressions : le racisme et le sexisme. On parle alors de **misogynoir.**

C'est Moya Bailey qui, en 2008, emploie pour la première fois ce terme pour désigner le « traitement très spécifique que les médias réservent aux femmes noires aux États-Unis[99] ». En effet, en plus d'être sous-représentées, les femmes noires essuient quotidiennement des clichés très présents dans la culture populaire : l'hypersexualisation, mais aussi l'étiquette de *angry black woman*, un stéréotype diffusant l'idée que les femmes noires seraient mal élevées et/ou agressives, par opposition aux femmes blanches, douces et fragiles, qui incarneraient la norme sociale et esthétique. Si le féminisme blanc lutte contre les injonctions liées à la beauté, il ne dénonce pas suffisamment les stigmatisations spécifiques dont sont victimes les personnes racisées (cheveux ou traits du visage, par exemple). Les personnes racisées sont également victimes de discriminations sociales qui compliquent considérablement leur accès à l'emploi et au logement.

98. mwasicollectif.org
99. « Misogynoir : quand la misogynie rencontre le racisme », 19 novembre 2020, lespotiches.com.

Afin d'appréhender les différentes facettes du racisme systémique en France, je vous laisse découvrir le témoignage d'Aminata.

Être noire en France, cela veut dire que l'on passe sa vie à répondre aux mêmes questions, chaque personne pensant être la première à la poser. J'ai 43 ans, je suis originaire du Mali et je suis née en France et, d'aussi loin que je me souvienne, j'ai dû répondre des centaines de fois aux questions suivantes :

- « Tu es d'où ? » Répondre par le nom de la ville en France où l'on a grandi et entendre dire « Mais non pour de vrai ? »
- « Tu es arrivée quand ? »
- « Ça va, tu n'as pas trop froid ? » (En hiver)
- Quand j'étais au collège : « Tu as été au ski ? », suivi de rires. Je répondais : « Ben non, pourquoi ? » J'ai mis du temps à comprendre que c'était une blague raciste. Avec ma sœur, nous étions les seules élèves noires d'un collège en région Centre. Plus tard, au lycée, il y avait un autre élève noir et on me demandait régulièrement si c'était mon frère (je ne connaissais même pas son prénom).

Être noire en France, c'est être appelée Marie-José Pérec, Grace Jones ou Mohamed Sylla (je suis une femme) par des inconnu·es dans la rue, qui, quand je leur signale qu'ils n'ont pas à m'appeler comme cela, répondent : « Ben quoi ? C'est cool, ce sont des gens connus ! »

Être noire, c'est devoir expliquer à ses proches que, même si leurs propos racistes ne se voulaient pas méchants, ils sont blessants quand même.

Être noire, c'est mettre au monde des enfants et avoir peur qu'on les prenne pour des délinquants, leur apprendre à ne pas faire de gestes brusques dans la rue, craindre qu'ils ne soient abattus.

C'est leur rappeler qu'ils sont beaux et qu'ils n'ont pas la couleur du caca, quand ils l'ont entendu à l'école de la bouche d'un camarade.

C'est devoir aller porter plainte avec son fils de douze ans, insulté de « bamboula » pour la deuxième fois par la même personne dans la même année. C'est s'entendre dire qu'on est forte de faire cela, alors qu'on se sent juste fragile et fatiguée de devoir trouver l'énergie de se rendre à la gendarmerie, d'insister pour qu'elle convoque l'autre famille, d'écrire au procureur trois mois après pour signaler que rien n'a encore été fait… S'entendre dire que la plainte est classée sans suite judiciaire, car l'enfant s'est excusé la première fois.

Être noire, c'est apprendre à détester ses cheveux crépus, à les comparer à des poils d'anus, tellement ils nous déplaisent. C'est leur infliger pendant des années défrisages, nattes et tissages, jusqu'à ce qu'ils soient épuisés et que l'on soit obligée de les couper. Et quand, enfin, on est prêtes à les assumer au naturel, c'est devoir encore répondre aux mêmes questions, « Pourquoi tu ne les laisses pas pousser comme Michael Jackson ? » ou « Pourquoi tu ne refais pas tes nattes ? »

Ce que j'aimerais, c'est qu'on cesse de me percevoir uniquement comme une femme noire (« marron » disent mes enfants). Je ne peux pas nier que ma couleur renvoie à une histoire dans nos sociétés et je n'ai plus honte d'être noire désormais. Cependant, je ne souhaite pas qu'on réduise ma singularité à ma couleur de peau. Je suis certaine que beaucoup de personnes pensent que certains traits de ma personnalité sont liés au fait que je suis noire et cela me rend malade.

Jusque très récemment, je pensais naïvement que le féminisme représentait toutes les femmes, qu'on se sentait naturellement toutes concernées par les situations d'oppression de nos sœurs du monde entier. Je me suis fait mon éducation féministe au fur et à mesure. Je me suis rendu compte que j'étais minoritaire, voire la seule femme noire, dans la plupart des événements auxquels je participais. C'est comme ça que je me suis demandé s'il ne fallait pas imaginer une approche différente.

En France, de nombreuses femmes noires n'ont pas accès aux lieux de culture : ce n'est pas toujours une priorité, surtout lorsqu'on a un travail qui ne nous laisse ni temps libre ni argent à consacrer aux loisirs. Ma mère, par exemple, était femme de ménage. Elle nous a élevés seule à partir de mon adolescence. Lorsqu'elle est partie en retraite, elle avait tout juste de quoi payer ses factures avec ses 900 € par mois. Mon frère l'a aidée à joindre les deux bouts jusqu'à son décès… Il n'a jamais été possible pour elle de faire autre chose que de travailler, de payer ses charges et de s'occuper de nous… Consacrer du temps à des manifestations féministes était impossible ! Elle était harassée par son activité. Le temps qui lui restait, elle nous le consacrait. Une fois à la retraite, son corps était abîmé (elle avait fait un AVC et subi une déchirure de l'aorte qui avait failli lui coûter la vie), elle n'avait qu'une envie : se reposer et profiter de ses petits-enfants.

Je pense donc qu'un féminisme adapté aux personnes issues de l'immigration et de milieux populaires doit nécessairement prendre en compte le quotidien des femmes qui ont une survie financière à assurer avant de pouvoir se poser des questions sur leur condition de femme.

J'ai fait des études, j'ai appris à ne pas me laisser faire (c'était important dans ma famille d'être fort·e). Personne n'est venu me chercher sur le plan militant. Aujourd'hui, pour avoir accès à des lieux de questionnements féministes, il faut être lettré·e, avoir de l'argent (pouvoir acheter des livres, se déplacer vers des lieux de luttes et/ou de réflexion) et être sur les réseaux sociaux.

C'est bizarre et fatigant d'être la seule personne noire quand on est dans des manifestations féministes (hormis, parfois, les intervenant·es). La plupart du temps cela se passe bien, mais parfois on se sent seule… J'évacue la question rapidement, car c'est une réalité que je rencontre trop souvent pour y penser finement à chaque fois. Donc je dirais que je suis incluse parce que je m'accroche…

Mais les personnes qui n'ont pas mon énergie peuvent être laissées sur le bord de la route alors qu'elles auraient envie d'en être. Être féministe et noire, donc afroféministe, demande beaucoup d'efforts, malgré les allié·es. On parle de charge mentale, quand on y ajoute la charge raciale[100], c'est encore plus fatigant.

Le mot *allié·es,* d'ailleurs, ne me convient plus. Je trouve qu'il induit une nouvelle forme de domination. Je sais que le terme *allié·es* sous-entend une forme d'humilité intellectuelle, pour dire à la personne opprimée : « Je ne veux pas revendiquer le fait de savoir aussi bien que toi ce que tu ressens. »

100. Selon Maboula Soumahoro, la charge raciale est la « Tâche épuisante d'expliquer, de traduire, de rendre intelligibles les situations violentes, discriminantes et racistes. »

Mais j'aimerais que les personnes se sentent concernées, tout simplement. Concernées sans posséder l'une des caractéristiques physiques qui génèrent l'oppression. J'aimerais que les personnes qui défendent un féminisme universel pensent naturellement à la condition de toutes les femmes. J'aimerais que l'on pense à différentes formes d'actions et de sollicitations qui correspondent à toutes les catégories socioprofessionnelles. Nous avons chacun·e des pas différents à faire. Là où certain·es ont le luxe de penser à soutenir les autres, d'autres doivent juste penser à leur survie quotidienne. On ne peut pas attendre de toutes les personnes qu'elles soient prêtes à manifester, lire, écrire, faire des collages…

Il faut aller chercher les personnes où elles sont, essayer de comprendre leurs besoins à ce moment précis et accepter que, parfois, la fatigue est trop importante pour intégrer des luttes. Pendant longtemps, cela m'allait très bien que l'on se batte pour moi. Je revendique, encore aujourd'hui, le droit de ne pas avoir envie de faire de marche avec d'autres personnes noires, même si la cause me semble juste. Je revendique le droit de faire comme je peux, car les luttes pour ma famille valent autant que les luttes pour la société et qu'elles me prennent parfois toute mon énergie.

Ressources complémentaires pour comprendre les enjeux spécifiques de la lutte antiraciste :

- Les comptes d'Aminata (@bambafee_7 et celui de son podcast, @toutlemondepassesurletrone), ainsi que celui de Maya (@decolonisonsleféminisme), de Candice (@batchayacandice et son compte TikTok du même nom).
- @tetonsmarrons, un compte afroféministe qui dénonce la misogynoir.
- @sansblancderien et @la.charge.raciale proposent un contenu didactique sur l'antiracisme et la blanchité.
- Le podcast *Kiffe ta race* de Binge, animé par Rokhaya Diallo et Grace Ly, traite du féminisme intersectionnel et du racisme.
- @afroconscience fait un travail remarquable de décryptage de la propagande coloniale.
- @happiness_therapie_fr s'intéresse aux questions de santé mentale et vise à rendre la thérapie plus accessible à la communauté noire.
- @laviedunenoire publie des témoignages anonymes de femmes noires et métisses.
- @decolonisonsnous s'applique à à « déconstruire l'héritage colonial de l'inconscient collectif. »
- @histoires_crepues instruit et aide à mieux comprendre l'histoire coloniale.
- Sur les questions de racisme environnemental : @canoubis, @kikaim_, @mathykoz (elle a également une story épinglée très éclairante sur la notion d'appropriation culturelle), @floriansbook.
- Les comptes asioféministes @lestudiojaune et @sororasie.
- @stop_asiaphobie est un compte de sensibilisation au racisme envers les personnes asiatiques.
- Une liste non exhaustive d'ouvrages clefs : *Le Racisme est un problème de blancs*[101], de Reni Eddo-Lodge, *Comment devenir antiraciste*[102], d'Ibram X. Kendi, *De la marge au centre*[103] et *Ne suis-je pas une femme*[104] ? de bell hooks.

101. *Le Racisme est un problème de blancs*, Reni Eddo-Lodge, Autrement, 2018.
102. *Comment devenir antiraciste*, Ibram X. Kendi, Alissio, 2020.
103. *De la marge au centre : théorie féministe, bell hooks, Cambourakis, 2017.*
104. *Ne suis-je pas une femme ? : femmes noires et féminisme, bell hooks*, Cambourakis, 2015.

FÉMINISME ET LUTTE CONTRE L'ISLAMOPHOBIE

DÉFINITION

« La notion d'**islamophobie** désigne des attitudes d'hostilité, de haine, à l'égard de l'islam. Dans le langage courant, le terme est également souvent utilisé pour désigner les mêmes attitudes à l'encontre des musulman·es en général[105]. »

La lutte contre l'islamophobie doit impérativement s'inscrire au sein des luttes féministes. Une des dérives du féminisme dit « universaliste » revient à considérer islam et féminisme comme étant incompatibles. Cette conception de *la* liberté fait émerger une fausse dichotomie selon laquelle il n'y aurait qu'une seule façon d'être féministe et libre. En conséquence, toute personne ne s'inscrivant pas dans le même cheminement intellectuel aurait besoin d'être sauvée. Penser que les femmes musulmanes ont besoin qu'on les émancipe parce qu'elles portent le foulard revient à reproduire un système d'oppression sexiste et raciste. Cette infantilisation les exclut *de facto* de la lutte féministe, puisque aucune légitimité n'est accordée à leur parole, donc à leurs revendications. Pire, les personnes qui portent le foulard sont désignées comme partiellement responsables des oppressions qu'elles subissent, comme si retirer le foulard était la condition d'accès au féminisme exclusif d'élite, porté par les femmes blanches cisgenres qui prétendent les libérer. Ce raisonnement et ses conséquences sur le débat public et politique sont graves, profondément islamophobes et racistes.

« Ce qui est sûr, c'est qu'il y a un féminisme médiatisé, qui participe à l'exclusion des femmes qui portent le foulard. C'est un féminisme qui dit vouloir libérer la femme mais l'ostracise véritablement. Je pense que le féminisme doit venir des femmes elles-mêmes, sur les problématiques et les conditions de vie qui les concernent[106]. »

105. reseau-canope.fr
106. « On a parlé de féminisme avec Hanane Karimi », Clémentine Spiler, lesinrocks.com, 18 février 2017.

Je vous laisse découvrir le témoignage de Yousra Mezahi, militante féministe décoloniale et membre d'Imazi·Reine, un collectif situé à l'intersection entre art, histoire, spiritualité et identités multiples de la diaspora africaine, basé à Bruxelles.

Il est important pour moi de compléter mon approche du féminisme par la notion de décolonialisme. Ne pas le préciser serait nier la violence du passé colonial, qui a donné naissance à ma lutte, en plus de l'intersectionnalité qui en découle. Je ne peux pas voir ma lutte autrement. Le féminisme décolonial questionne et met en lumière beaucoup d'autres luttes essentielles qui s'entremêlent avec la question des droits des femmes. Le fait de décoloniser nos esprits nous permet de comprendre la racine de ces injustices. Ce regard qu'on porte sur le foulard est un regard de colon, le fait de nous contraindre à le retirer est une attitude de colon.

Les enjeux du féminisme pour une femme musulmane, portant le foulard ou non, relèvent d'une identité plus complexe que ce qu'un féminisme universaliste nous promet, et ce dans une société aux discriminations multiples. Dans un monde où le patriarcat est le système principal, dans un contexte où l'islamophobie est banalisée, je vois en permanence mon identité remise en question. L'infantilisation constante des femmes et l'assurance que les femmes musulmanes seraient manipulées et dénuées de suffisamment d'esprit critique pour être seules décisionnaires de leur corps sont des pratiques qui ont bien trop duré.

Je ne veux plus et ne peux plus tolérer que ce système perdure et que les générations suivantes s'exposent aux violences que nous avons été contraintes d'endurer. La lutte féministe décoloniale ne cessera que lorsque l'on sera enfin libres de vivre notre identité pleinement. Je ne peux plus supporter de voir des jeunes femmes en besoin de se réaliser subir les mêmes violences qu'on a déjà dû affronter tout au long de notre parcours de vie. La marginalisation des femmes qui portent le foulard se fait par le biais de tant de moyens différents, comme l'interdiction d'accès aux institutions, l'espace énorme que ce sujet prend dans le débat public sans entendre la parole des principales concernées, un manque de représentation évident. Et lorsque représentation il y a, elle suit presque toujours ce même schéma datant du cinéma colonial. Reprenant le portrait de cette femme portant le foulard dans une famille où le père/frère est autoritaire, la mère est soumise et silencieuse et la jeune fille tombe amoureuse d'un homme blanc qui la libérera sexuellement et lui permettra d'enfin se sentir belle grâce à son brushing, qu'elle dévoilera dans une scène filmée au ralenti, où elle retirera ce qu'on appellera « son voile ».

Le mouvement féministe tel qu'il existe actuellement ne m'inclut pas suffisamment. La quête d'inclusivité permet aujourd'hui que des voix comme la mienne soient entendues. Néanmoins, cela passe encore trop souvent par un tokénisme, parfois inconscient. Le tokénisme, c'est cette pratique qui consiste à faire des efforts d'inclusion symboliques dans le simple but d'échapper aux accusations de discriminations. Que cette démarche plaise ou non, c'est une étape par laquelle on devra passer. Si elle n'est qu'une étape, bien sûr, et non le moyen de mettre en lumière des figures individuelles au nom de différents mouvements féministes.

Ces « branches » qui se retrouvent perdues dans la mare de féministes cisgenres, blanches, correspondant aux diktats de beauté eurocentrés, sans handicap et j'en passe. Quand, dans l'inconscient collectif et le débat public, la féministe est toujours représentée par le même type de femme qui se bat contre l'essence même de mon identité, je ne peux pas me sentir représentée. Sous couvert de féminisme se cache une islamophobie avec laquelle je ne peux évidemment pas être en accord ni me sentir tolérée dans ce mouvement. Alors non, la représentation des femmes musulmanes portant le hijab dans le féminisme dit *mainstream* est bien loin d'être accomplie. Dans mon combat, je m'oppose à trois discours.

Le premier est celui qui nous est imposé par les racistes, les misogynes, les capitalistes et les néocolonialistes de ce monde. Si ces strates de la société sont extrêmement violentes au quotidien, elles prouvent tous les jours leurs fragilités, leurs contradictions et nous pouvons facilement les déconstruire.

Le deuxième discours est celui des hommes prétendument de « ma communauté ». Ceux à qui nous « appartenons », ceux qui défendent le hijab comme moyen de protection. Au fil des années, j'ai pu faire face à des métaphores plus déjantées les unes que les autres. Les femmes musulmanes seraient parfois des « sucettes », dont le foulard représente l'emballage et empêche d'être approchées par les mouches. D'autres fois, nous serions des « voitures de luxe », que l'on couvrirait pour qu'elles ne se salissent ou ne s'abîment pas. Ou encore des « perles », qui resteraient protégées, tant qu'elles ne quittent pas leur coquille. Nous ne sommes ni sucettes, ni voitures de luxe, ni perles ! Nous ne sommes ni leur propriété ni leur responsabilité. Mon hijab est un acte d'adoration et de soumission à Allah et non aux hommes de ma communauté.

Le troisième discours, qui est aussi le plus vicieux, est celui des « allié·es ». Celles et ceux qui se battent à nos côtés pour qu'on ait librement accès aux institutions et aux espaces sociaux, afin d'enfin nous éduquer, d'enfin avoir complètement accès à la pensée occidentale et comprendre que nous avions simplement tort. Celles et ceux qui voient l'éducation comme un moyen de nous émanciper et de délaisser notre foulard. Ce discours est le pire.

C'est celui des personnes qui nous infantilisent et qui veulent, de manière « bienveillante et pédagogique », nous faire comprendre que nous devons « évoluer », que « le monde moderne n'est pas en adéquation avec notre manière de penser archaïque ». Nous les croisons à nos manifs, nous recevons des messages de leur part, elles et ils partagent nos posts mais, dans des lieux plus privés, lors d'une conversation plus intime, persuadé·es d'être bienveillant·es, nous expliquent avec une certaine honnêteté à nous, femmes portant le foulard, qu'interdire l'accès aux établissements scolaires aux personnes portant le hijab ne ferait que ralentir leur émancipation.

La position d'allié·e reste donc toujours délicate. Comment pouvons-nous être sincèrement allié·es ? Jusqu'où pouvons-nous être allié·es ? Le mot *allié·e* est-il encore nécessaire aujourd'hui ? Tant de questions auxquelles je n'ai pas encore de réponses bien établies. Mais disons que, pour être ce qu'on appelle « un·e bon·ne allié·e », il faut être prêt·e à une remise en question constante, à pousser la déconstruction au-delà de la culpabilité ou de la gêne que celle-ci peut nous procurer. Il faut accepter qu'on ne peut pas tout comprendre et que ce n'est pas ce qu'on nous demande. Il faut être capable d'accueillir la manière de vivre de chacun·e. Il faut prendre conscience de ses privilèges, ne pas avoir peur de les nommer en public et, comme nous le rappelle l'œuvre d'Angela Davis, d'agir en conséquence.

Personne n'a à avoir d'avis sur le foulard excepté les personnes qui le portent et les expert·es qui comprennent combien la rhétorique antifoulard est liée à l'histoire coloniale et patriarcale de l'Occident. Tout le monde n'est pas obligé·e d'exprimer une opinion sur un sujet qui ne les concerne pas ou qui n'est pas maîtrisé. En revanche, offrir un espace de réponse à une personne directement concernée et trop longtemps invisibilisée, est un pas de plus vers un avenir équitable. Et il est essentiel de le faire de la bonne manière, pas en exigeant de toutes les femmes portant le foulard de maîtriser des sujets spécifiques et complexes face à des personnes ayant étudié la question. Comme toute communauté, nous comptons dans nos rangs des personnes aptes à affronter les argumentaires misogynes, racistes, islamophobes... Je pense entre autres à Amina Wadud, Asma Lamrabet, Fatima Mernissi, qui forment le cœur de notre pensée féministe chez Imazi•Reine. Je pense aux collectifs français Nta Rajel ou Lallab, aux podcasts *Kiffe ta race* et *Na3na3*, ou encore au magazine dialna.fr. Il en va de la responsabilité de nos allié·es de porter ces voix le plus haut possible. Je crois en la lutte féministe. C'est au sein même du monde militant que j'ai découvert d'autres féminismes et un discours désirant m'inclure. Encore timidement certes, mais qui, j'ai envie d'y croire, le fait sincèrement. Je crois que cette lutte contient toutes les clefs pour nous aider à mener ces combats. Je crois en elle car je crois en l'intersectionnalité, au pouvoir des femmes et en leur rôle dans toutes les luttes.

Ressources complémentaires :

- Le compte Instagram de Yousra, @namelessyousra.
- Les comptes Instagram de @amel_toutcourt, de @the_moroccan-mipster, de @dina_kdr, de @lou_uz, celui du collectif @imazi.reine et celui de l'association féministe et antiraciste Lallab (@assolallab), qui fait entendre les voix et défend les droits des femmes musulmanes.
- L'épisode « Féminisme pour toutes » de *Kiffe ta race*.
- L'épisode « Ainsi soient-elles, féminismes et religion » de *Un podcast à soi*.
- La vidéo de Vice Media : *Non, le féminisme et l'Islam ne sont pas incompatibles*.
- La vidéo du média Tataki : *Si on demandait aux femmes voilées ce qu'elles pensent du voile ?*
- Le post de @asmaeha_ (tout son compte est à suivre, ceci dit) qui présente un texte de @lou_uz sur la loi « séparatisme » et les enjeux féministes dans le cadre du projet Mars Sorore.

FÉMINISME ET LUTTE CONTRE L'ANTISÉMITISME

DÉFINITION

« L'**antisémitisme** vise les personnes qui appartiennent ou sont supposées appartenir à la communauté juive. Les cibles sont multiples : un nom de famille ou un prénom, des traditions ou des pratiques religieuses, des modes de vie, une apparence physique, un métier ou tout autre signe considéré comme spécifique. L'antisémitisme développe des préjugés et des interprétations diffamatoires, des attitudes haineuses et des agressions verbales ou physiques[107]. »

107. histoire-immigration.fr

Vous allez lire ici les témoignages d'Illana Weizman, doctorante en sociologie et militante féministe , et d'Alexia Levy-Chekroun, masterante en science politique et militante féministe et antiraciste.

Illana Weizman

Il y a clairement un enjeu féministe dans l'intersection entre sexisme et antisémitisme. En tant que femme juive, on peut être fétichisée, comme cela se retrouve chez les femmes musulmanes ou les femmes noires. Je ne fais pas d'équivalence entre les différentes formes de fétichisations, elles se manifestent de façon différente selon les communautés visées, mais les femmes juives originaires d'Afrique du Nord, à titre d'exemple, peuvent être incluses dans les fantasmes orientalistes de personnes antisémites.

Sur un autre aspect, dans son essai *Réflexions sur la question antisémite*[108], Delphine Horvilleur parle de l'antisémitisme comme d'une guerre des sexes. Elle écrit : « En bien des moments de l'Histoire, le Juif fut en effet un homme au féminin, aux yeux d'un autre, ou en tout cas la marque d'un féminin agissant sur le monde. » Une marque dangereuse donc, pour l'ordre établi, religieux et patriarcal. « La féminisation du Juif sert généralement à faire de l'homme juif un manipulateur, un hystérique ou un opportuniste. » En somme, on affuble le Juif de qualités dépréciatives qui, dans la tradition sexiste et patriarcale, sont assignées aux femmes. Si le Juif est « une femme comme les autres », la lutte contre l'antisémitisme serait donc intrinsèquement liée à la lutte contre l'échelle des genres.

Il y a également un enjeu majeur dans la convergence des différentes luttes à la fois antiracistes et antisexistes. Tout comme le courant de l'afroféminisme ou celui du féminisme décolonial, l'existence d'un courant intersectionnel féministe *et* juif est capitale. Nous avons aujourd'hui en France les représentant·es du Collectif des Juifves VNR qui fait un travail pionnier et participe, par la voie féministe, à renforcer la lutte contre tous les racismes. Nous sommes clairement plus fort·es en nous alliant contre les suprémacistes blancs et fascistes qui savent bien nous faire converger comme objet de leur haine.

108. *Réflexions sur la question antisémite*, Delphine Horvilleur, Grasset, 2019.

Alexia Levy-Chekroun

Les violences systémiques vécues par les femmes juives sont le résultat d'une articulation entre oppression systémique des femmes et antisémitisme racial. Lorsque les femmes juives subissent des violences, c'est à la fois en raison de leur genre et de leur judéité. Ces violences prennent une forme spécifique, articulant à la fois une haine des femmes et des Juif·ves. Si ces violences peuvent viser la potentielle pratique religieuse des minorités de genre juives, elles répondent le plus souvent à un processus de racialisation visant les Juif·ves dans leur appartenance ethnique. Cet antisémitisme racial est alors décliné via des modalités particulières, selon le genre de l'individu visé.

Lorsque Sarah Halimi a été assassinée en 2017, nous avons pu voir des collages féministes mentionnant son meurtre, la réinsérant dans une narration globale des féminicides. Beaucoup ont évoqué les violences qu'elle a subies, mais la motivation antisémite de ces violences à peine été évoquée. Lorsque Mireille Knoll, survivante de la Shoah, est assassinée en 2018, son meurtre est à peine évoqué dans les milieux féministes, et encore moins le caractère antisémite de ce dernier. Les meurtriers de Sarah Halimi et de Mireille Knoll n'ont pas choisi leurs victimes au hasard. Le choix d'assassiner une femme juive - plutôt qu'une autre - témoigne d'une adhésion à un imaginaire antisémite, faisant des Juif·ves les responsables tout désignés des inégalités socioéconomiques et des crises politiques actuelles.

Par ailleurs, pour être un·e bon·ne allié·e, il s'agirait de ne pas tenter d'expliquer aux personnes juives ce qu'est la judéité, ni ce à quoi ressemble l'antisémitisme. Certain·es Juif·ves définissent leur identité comme religieuse, ethnique et/ou culturelle. Il n'existe pas de consensus sur la question. Il s'agirait donc de cesser de définir les modalités de rattachement à cette identité à la place des personnes concernées. Et il s'agirait également d'écouter et de faire confiance aux personnes concernées lorsqu'elles restituent leurs ressentis et/ou expériences de marginalisation et de stigmatisation. Enfin, la lutte contre l'antisémitisme et sa prise en charge dans les milieux féministes et/ou d'extrême gauche, ne peut être conditionnée par une revendication antisioniste de la part des Juif·ves. Les Juif·ves n'ont pas à se positionner sur le conflit israélo-palestinien pour que leurs voix soient entendues.

Ressources complémentaires :

- Le compte Instagram du collectif @juifves.vnrrrr et celui d'Illana Weizman (@illanaweizman).
- Le travail gigantesque de Tal, et notamment le post « L'antisémitisme, ce grand oublié de nos luttes, réflexion sur le rapport des mouvements de gauche à la judéité ».
- L'ouvrage *Réflexions sur la question antisémite* de Delphine Horvilleur[109].

FÉMINISME ET ANTIVALIDISME

Selon Fiona Kumari Campbell, maîtresse de conférences en études sur le handicap à l'université de Dundee, en Écosse :

DÉFINITION

Le **validisme** désigne un « réseau de croyances, de processus et de pratiques qui produit un type particulier de soi et de corps (norme physique) et le projette comme parfait, spécifique à l'espèce, et donc essentiel et complètement humain. Le handicap est alors un état inférieur de l'être humain[110] ».

No Anger, doctoresse en sciences politiques, militante féministe et antivalidisme, tient un blog remarquable, dans lequel elle documente son engagement antivalidiste, féministe et queer. Au micro de Xavier Mauduit sur France Culture, elle décrivait ainsi la nécessité de cette lutte :

« Le féminisme pense avant tout le corps féminin valide.Le corps handicapé – qui plus est le corps handicapé féminin – souffre encore aujourd'hui d'une invisibilisation dans tous les domaines. Il reste donc un impensé politique. Seul le discours médical le prend en charge[111]. »

109. *Réflexions sur la question antisémite*, Delphine Horvilleur, Grasset, 2019.
110. « Le validisme. Entretien pour l'IRESMO », Elena Chamorro, mediapart.fr, 12 octobre 2020.
111. « Survivre ne suffit pas : handicap, les luttes pour l'égalité », France Culture, 11 février 2021.

L'ensemble de son travail est d'une richesse incroyable et nous permet de saisir à quel point les personnes handicapées sont écartées des luttes féministes.

« Les mouvements féministes français font allusion aux femmes handicapées encore trop rarement, souvent de façon anecdotique et dans une méconnaissance quasi totale de la spécificité de leurs réalités, les nommant sans pour autant parvenir à les rendre visibles. Certains y font allusion en adoptant une optique clairement validiste. Il n'existe, de plus, qu'une seule association de défense des femmes handicapées qui, si elle tient bien compte de la double discrimination subie par celles-ci, ne se réclame pas du féminisme intersectionnel[112]. »

Alors qu'elles en constituent la minorité la plus large et la plus hétérogène, les personnes handicapées restent les principales oubliées du féminisme *mainstream*. Cela est d'autant plus intolérable que les femmes en situation de handicap sont dans le même temps les plus touchées par les violences et les abus, comme le montrent ces chiffres glaçants, rappelés par Candide-Lune (pronom [ol]), personne non binaire autiste :

- 88 % des femmes autistes sont violées contre 14,5 % des neurotypiques[113].
- 80 % des femmes handicapées n'ont pas d'emploi et sont donc dépendantes[114].
- 80 % des femmes en situation de handicap subissent des violences physiques, psychologiques, sexuelles, alimentaires, médicales, médicamenteuses[115].
- 4 femmes handies sur 5 subiront des violences physiques.

112. « Validisme et intersectionnalité », Elena Chamorro, mediapart.fr, 17 juin 2019.
113. femmesautistesfrancophones.com
114. OMS, 2012.
115. ONU, 2012.

Pour que vous puissiez bien cerner les oppressions spécifiques dont sont victimes les PSHM[116] et les problématiques féministes qui en découlent, je vous laisse découvrir le témoignage de Morgane, personne pluri-handicapée et souffrant de maladies invalidantes.

La parole des PSHM est très peu respectée. Sur internet, j'ai constaté plusieurs fois que des publications créées ou partagées par des comptes féministes étaient involontairement validistes. Lorsque j'ai pris le temps d'aller leur expliquer gentiment en quoi leur publication était validiste, je me suis souvent pris des fins de non-recevoir à base de « une personne dans ma famille est handie », « moi-même je suis malade et/ou handi·e », ce qui pourtant n'empêchera jamais personne de faire une erreur. Même en étant soi-même PSHM, nous évoluons dans un pays profondément validiste et cela conditionne forcément notre façon de penser. Il y a aussi le « Je ne peux pas connaître toutes les discriminations ! » Précisément ! En fait, les PSHM ne leur demandent pas de tout connaître, juste de prendre en compte la remarque à l'instant t et de ne pas reproduire l'erreur. Puisque nous échangeons entre personnes handicapées, nous avons remarqué qu'une grande partie des personnes qui ont tenté, comme moi, d'alerter les comptes ou les personnes en question, avaient vécu ce même rejet de notre parole. Comme si expliquer à une personne qu'elle avait eu un argument validiste était la pire insulte qui soit !

C'est très pénible de voir sa parole refusée alors qu'on a fait l'effort de mettre de côté les sentiments suscités par une publication validiste et de rester poli·es, qu'on a pris le temps d'expliquer la problématique et de répondre patiemment à notre interlocuteur·ice. Ce que semblent oublier ces personnes, c'est que notre énergie n'est pas renouvelable à volonté comme la leur. Nous avons un seuil de fatigabilité beaucoup plus bas et lutter pour se faire respecter prend beaucoup d'énergie physique et surtout psychologique. La méconnaissance du handicap peut aussi engendrer des incompréhensions. Certains handicaps, maladies ou troubles empêchent les personnes qui en souffrent de

116. Personnes en situation de handicap et/ou malades.

communiquer normalement : l'ironie, la politesse ou les règles de communication implicites sont pour certain·es de véritables inconnues, ce qui a pour effet malentendus, conflits et mises à l'écart.

Tout comme la fatigabilité dont je parlais plus haut, les réunions interminables où tout le monde parle en même temps ont dégoûté pas mal de militant·es handi·es. Il faut dire aussi que c'est lassant de subir ces genres de traitement. Tous ces oublis, rejets ou méconnaissances s'accumulent et écœurent les PSHM du milieu militant. C'est violent de subir du validisme et une volonté d'inclusion fluctuante selon les gens et le moment. Nous nous retrouvons en situation de devoir choisir entre notre santé mentale et physique et notre envie de militer. Le choix est vite fait. Il n'est pas normal qu'on se mette en danger quand on veut essayer de faire valoir nos convictions. Au niveau du militantisme, tout comme au niveau national, je pense que c'est par la formation, l'information et la sensibilisation que nous arriverons à faire changer les choses.

Quelques pistes d'adaptation pour les manifestations : il faudrait qu'il y ait toujours un·e ou deux (maximum) référent·es handicap joignables par toutes les PSHM présentes. Une fois que ces personnes seraient identifiées, elles seraient garantes du bon déroulé de cet événement pour cette communauté. Ces personnes seraient formées aux besoins élémentaires des PSHM et auraient réfléchi en amont avec celles et ceux qui seraient présentes à la façon de les inclure au mieux au sein de la manifestation.

Ensuite, je pense qu'il faudrait, dans un premier temps, mettre en place un système où les PSHM pourraient signaler à l'avance qu'elles veulent venir à un événement. De cette façon, les organisateur·ices pourraient préparer des aménagements adaptés aux handicaps des personnes présentes. Ça, c'est dans un premier temps. Dans un deuxième temps, il serait souhaitable que ces adaptations soient proposées à chaque manifestation pour qu'une PSHM puisse décider d'aller à une manifestation au dernier moment, tout comme les personnes valides.

Il faudrait aussi que les adaptations soient explicitement réservées aux personnes handicapées (avec un logo handi, par exemple). Pour les lieux de réunion, il faudrait adapter les locaux ou choisir des lieux accessibles pour toutes les personnes qui souhaitent y participer. Dans la même logique, il serait souhaitable que tous les documents soient rendus accessibles au plus grand nombre. Sur Instagram, il existe des guides pour une publication lisible, des guides du sous-titrage, etc. Les pages militantes antivalidisme travaillent pour produire des documents qui expliquent ce qu'il faut faire ou ne pas faire, il ne reste plus qu'à les appliquer !

Au niveau national, la France reste très en retard sur ces questions : la loi de 2005 sur le handicap[117] pour faciliter la vie des PSHM n'est toujours pas appliquée et des reports sont décidés d'année en année. Ce qui fera vraiment la différence : la formation au handicap des Français·es dès le plus jeune âge. Éduquer les enfants aux bases de cette thématique engendrera des adultes habitué·es aux différentes questions liées à notre situation. La peur naît de l'ignorance, supprimons donc l'ignorance de l'équation !

Par ailleurs, les PSHM devraient avoir beaucoup plus de visibilité dans les médias, et pas forcément pour y parler de handicap ! Il y a très peu de journalistes handicapé·es à la télévision, ce qui est complètement aberrant quand on sait que nous sommes 12 millions, soit 20 % de la population !

Pour finir, j'ai bien l'impression que l'inclusion des PSHM dans le mouvement féministe et, plus largement dans la société, se fera à partir du moment où il y aura une réelle volonté de nous accueillir. Le sujet du handicap peut être délicat et traîne avec lui pas mal d'images et de stéréotypes, mais cela n'excuse pas tout. Il y a une chose très importante à comprendre : si vous ne faites pas d'efforts pour autrui, faites-le au moins pour vous, car vous serez très content·es de trouver ces aménagements quand votre corps montrera des signes de faiblesse. Il a été également constaté que, très souvent, ces aménagements mis en place étaient aussi très appréciés par les personnes valides, car pensés pour être ergonomiques, donc plus faciles d'utilisation. Les PSHM gagnent à être connues et incluses dans les mouvements militants et dans la société. Elles ont une vision et une expérience de vie tout à fait différente des personnes valides, elles sont force de proposition et pourraient bien vous étonner !

117. La loi du 11 février 2005 énonce le « principe du droit à compensation du handicap et de l'obligation de solidarité de l'ensemble de la société à l'égard des personnes handicapées. C'est autour du projet de vie formulé par chaque personne handicapée que la cité doit s'organiser pour le rendre possible. La MDPH est un maillon essentiel dans la mise en œuvre du projet de vie, en ce sens qu'elle est chargée de l'évaluation des besoins et de l'ouverture des droits nécessaires à l'accomplissement du projet de vie. » (mdph77.fr)

Ressources complémentaires :

- Les comptes de Morgane @monesh.milite, Ezra @ezra.alan91, Marina Morello @marinamorelloh, et celui de Candide-Lune @autistic_dramaqueer.
- L'article de No Anger, publié sur son blog À mon geste défendant et intitulé « Handicap, queer et Trou-de-Balle », dans lequel elle aborde l'impact du handicap dans la construction d'une identité de genre.
- L'article en ligne du magazine *Axelle* intitulé « Les mécanismes d'oppression du sexisme et du validisme se rejoignent. »
- Le compte Instagram de @morgan·e_bl, et plus précisément son manifeste pour une réelle inclusivité.
- L'épisode « Féminismes et handicaps : les corps indociles » de *Un podcast à soi*.
- L'épisode « Validisme, l'angle mort du féminisme » du podcast *Quoi de meuf ?*.
- Le podcast *H comme Handicapé.e.s,* notamment l'épisode dans lequel intervient Marina Morelloh et qui s'intitule « #1 Marina ».

FÉMINISME ET LUTTE POUR LES DROITS DES PERSONNES LGBTQIA+

LGBTQIA+ est un sigle qui désigne les personnes lesbiennes, gays, bisexuelles, trans, queers, intersexes et asexuelles. Le + « indique simplement une volonté d'inclure dans la définition du sigle toutes les autres personnes qui en ont été oubliées ou que l'on ne peut nommer[118]. »

Voici quelques chiffres pour rappeler les graves violences dont sont encore victimes aujourd'hui les personnes LGBTQIA+ :

- D'après le *Trans Murder Monitoring project*[119], entre novembre 2018 et novembre 2019, 331 personnes trans ont été tuées dans le monde parce qu'elles étaient trans. En 2020, au moins 350 personnes trans ont été tuées, 98 % étaient des femmes trans ou personnes transféminines[120].

118. drapeau-lgbt.fr
119. *Une histoire de genres : guide pour comprendre et défendre les transidentités*, Lexie, Marabout, 2021.
120. « Ce terme est utilisé pour définir les personnes nées de sexe masculin mais s'identifiant davantage à la féminité qu'à la masculinité. Bien qu'elle s'identifie à la féminité, une personne transféminine ne se considère pas tout à fait comme une femme. » (seeking.com)

- Le nombre d'actes haineux à l'encontre des lesbiennes rapportés à SOS homophobie a bondi de 42 %, passant de 257 en 2017 à 365 en 2018. Les cas de lesbophobie représentent ainsi 22 % de l'ensemble des situations enregistrées, contre 16 % en 2017. Ces chiffres sont probablement davantage révélateurs de la prise de parole des lesbiennes que le reflet d'une augmentation de la lesbophobie. Les actes lesbophobes dans les lieux publics passent de 9 % à 13 %[121].

- Plus de 90 **%** des répondant·es ont déjà entendu ou lu des propos biphobes et plus de la moitié ont vu leur orientation sexuelle remise en cause. La visibilité expose à des agressions verbales, dont 83 % surviennent suite à une discussion sur la bisexualité[122].

- Les personnes intersexes représentent 1,7 % de la population mondiale, autrement dit le même pourcentage que les personnes rousses[123]. Ce groupe souffre d'un manque de représentation et d'inclusivité important au sein du mouvement féministe, comme le rappelle le site du Collectif intersexes et allié.e.s.

DÉFINITION

Le terme **queer** « est à l'origine un mot anglais qui signifie "bizarre", "de travers". À partir de la fin du XIXe siècle, il devient une insulte populaire désignant les personnes homosexuelles. Des activistes se réapproprient le terme au début des années 1990 pour affirmer des sexualités et des genres subversifs. Ce terme, à forte dimension antisexiste et antiraciste, regroupe désormais les personnes qui n'adhèrent pas à la vision binaire des genres et des sexualités (binarité homme-femme ou hétérosexuel·les-homosexuel·les) et ne veulent pas être catégorisées selon les normes imposées par la société. Le mouvement queer se détache du mouvement LGBT dans la mesure où il refuse toute forme de politiques intégrationnistes. Il est intéressant de noter que le mouvement queer s'est largement développé dans le domaine de la recherche universitaire. Des autrices telles que Judith Butler ou Eve Kosofsky Sedgwick sont considérées comme les fondatrices de cette pensée[124]. »

121. Rapport sur l'homophobie 2019.
122. *Ibid.*
123. *Je suis intersexe*, vidéo de Paint LGBT + (à visionner sur leur compte Instagram).
124. queerparis.com

« Tenez compte du fait que les personnes intersexes ont toutes sortes d'identités de genres et d'orientation sexuelle. Quelques notions tout de même : selon une étude australienne, ⅓ des personnes intersexes ne se reconnaissent pas dans l'identité qui leur a été assignée à la naissance. L'écrasante majorité des personnes intersexes sont assignées filles à la naissance (et opprimées aussi comme telles). Nos variations anatomiques nous exposent à des brimades homophobes et transphobes quelle que soit la réalité de nos identités de genre et de nos orientations sexuelles. Ne nous infantilisez pas dans une démarche humanitaire, et veillez à ne pas avoir une attitude de fascination exotisante à notre égard. Tenez compte de nos variations quand vous parlez de l'identité de genre : toutes les femmes (même cisgenres !) n'ont pas de vagin+utérus+ovaires fonctionnels, les représentations normées de vulves ou de corps peuvent être excluantes. D'ailleurs, la plupart d'entre nous sont stériles, donc l'assistance médicale à la procréation peut être particulièrement importante pour nous[125]. »

Il me semble donc indispensable de rappeler avec force que les luttes pour les droits des personnes LGBTQIA+ et les luttes féministes sont absolument complémentaires et interdépendantes. N'oublions pas pour autant que les personnes LGBTQIA+ ne forment pas un groupe homogène et portent des revendications qui sont propres à chaque communauté.

125. « Intersexe, c'est quoi ? », cia-oiifrance.org, 3 juillet 2018.

Vous allez lire successivement les témoignages de Tal, qui est une personne transmasculine, d'Athéna, une femme lesbienne et d'Aziliz D, une femme transgenre.

Tal

La lutte féministe, quel que soit son point de départ, recouvre des enjeux dont tout le monde à intérêt à se saisir.

Ce sont des enjeux :

- De visibilité et de représentations : il s'agit de faire cesser les débats qui ne tournent qu'autour des femmes cisgenres et d'enfin comprendre que le féminisme n'est pas la lutte des femmes, mais la lutte contre les violences de genre. Aussi, lorsque l'on parle « des féministes », il est important de ne pas penser ce groupe comme exclusivement féminin. Le combat contre les violences cissexistes doit être au cœur du projet féministe, car c'est en partie le régime cisnormé qui fait naître les violences de genre et ce, aussi contre les femmes cisgenres !
- D'accès aux droits : nous demandons des accès aux soins médicaux et aux procédures administratives facilitées et moins longues ainsi que la suppression des mentions de sexe des documents administratifs.

Je n'aime pas la notion d'inclusivité. Elle sous-entend qu'un groupe dominant accepte en son sein un groupe extérieur subalterne. Je préfère le prisme de la décentralisation : se dire que nous ne sommes pas le sujet unique de notre lutte et qu'il est fondamental de parler de vécus pluriels et d'organiser nos espaces en fonction. C'est un travail collectif (sur les questions de genre mais aussi de race, de classe, etc.), pas une faveur qu'on fait aux autres.

La base serait que chacun·e dans les milieux féministes se saisisse de l'enjeu de la binarité de genre et du cissexisme. Ça ne veut pas simplement dire qu'« il n'y a pas que deux genres », et utiliser l'écriture inclusive, sans plus. C'est un travail de refonte que l'on doit mener en groupe, qui doit permettre de pousser une visibilité médiatique juste et respectueuse, des avancées législatives et une simplification des processus de transition.

Athéna

Quand on est une femme qui a des relations avec des femmes, le féminisme s'impose comme une évidence, car on doit toujours prouver la légitimité de notre couple, qui n'a pas de valeur, voire pas d'existence effective, aux yeux de la société. Pour nous, il est beaucoup plus difficile, même souvent au sein de notre propre famille, d'être considérées comme un couple à part entière. Notre couple devient politique, en fait, malgré nous. En tant que personne lesbienne, je me rends également compte du fait que le féminisme se doit d'être intersectionnel. En étant femme + lesbienne, je cumule deux types d'oppression/discrimination, et cela me fait prendre conscience que nous nous devons de soutenir également les femmes trans, les femmes racisées, grosses, musulmanes, handies…

Aziliz D

Être féministe, c'est d'abord lutter pour des enjeux communs à l'ensemble des femmes : la lutte contre l'exploitation domestique, contre les violences sexistes et sexuelles, contre le harcèlement de rue.

En tant que femme transgenre, on a aussi nos spécificités, comme l'autonomie médicale : pour les femmes trans ça va être en particulier la possibilité d'avoir accès à la transition sans dépendre du bon vouloir des médecins, ou des psychiatres, de contrôler son traitement. Dans l'ensemble, et en comparaison d'autres pays, je me sens plutôt incluse dans les mouvements féministes. Il existe une relative bienveillance à l'égard des femmes trans. Ce qui ne veut pas dire que tout est parfait, loin de là. Cette bienveillance est souvent teintée de commisération et soumise à condition.

Il faut ajouter que les femmes trans sont souvent plus précaires, issues de milieux plus défavorisés, avec un moindre accès aux « bons discours » et à la communication non violente (qui souvent masquent une certaine domination de classe). Parfois, dans les réunions, on est juste là pour les quotas, pour parler des problèmes trans comme si on ne pouvait pas être concerné·es par l'exploitation domestique. D'autres fois, il n'y a aucune prise en compte de nos thématiques : on est là pour montrer l'inclusivité du groupe. Cela prend du temps et de l'énergie, mais on essaie de faire bouger les choses.

Ressources pour approfondir :

- L'article « Pourquoi les mouvements féministes et LGBT sont indissociables de la lutte contre le racisme » sur le site de vice.com, qui permet de comprendre l'intersectionnalité entre antiracisme, féminisme et lutte pour les droits des personnes LGBTQIA+.
- Les ouvrages *Le Génie lesbien*[126] d'Alice Coffin et *La Pensée straight*[127] de Monique Wittig.
- Le podcast *Ma vie de licorne*, qui nous invite à plonger dans des récits intimes hors de l'hétérosexualité.
- Le site internet Collectif intersexes et allié.e.s.
- Le podcast *Coming out* qui, comme son nom l'indique, donne la parole à des personnes racontant leur *coming out*.
- Les comptes Instagram @lecoindeslgbt et @paint.officiel. Cette liste est bien évidemment non exhaustive. De manière générale, tous les comptes Instagram tenus par des personnes LGBTQIA+ partagés au fil de cet ouvrage vous seront d'une grande aide pour déconstruire certaines notions.
- La FAQ du collectif « Toutes des femmes ».

126. ***Le Génie lesbien*, Alice Coffin, Grasset, 2020.**
127. ***La Pensée straight*, Monique Wittig, Amsterdam Éditions, 2018.**

FÉMINISME ET LUTTE CONTRE LA GROSSOPHOBIE

DÉFINITION

« La **grossophobie** est définie par le dictionnaire comme l'ensemble des attitudes hostiles et discriminantes envers les personnes grosses, mais je trouve plus intéressant de la définir en disant ce contre quoi on lutte quand on parle de grossophobie. Je revendique le droit des personnes grosses à vivre comme tout le monde, c'est-à-dire avec les mêmes droits, les mêmes chances et la même bienveillance [128]. »

Les personnes grosses subissent la grossophobie d'État, les discriminations à l'embauche, la stigmatisation, la précarisation de la société et une insuffisante prise en charge par le milieu médical. Les corps minces et en bonne santé bénéficient de considération et de dignité sociales en tant que corps capables de productivité économique efficace. La lutte contre la grossophobie est donc éminemment politique, car elle vise à combattre une vision validiste et capitaliste du corps. Si les personnes grosses sont identifiées comme femmes, elles sont à l'intersection de la grossophobie et du sexisme, ce qui a tendance à augmenter les oppressions et les micro-agressions dont elles sont victimes. Il est donc fondamental que, dans les discours féministes, les revendications des personnes grosses soient rendues visibles.

128. « Sommes-nous tou·tes grossophobes ? », Souria Cheurfi, vice.com, 26 novembre 2020. Shérazade (voir témoignage p. 137) y ajoute une revendication au droit des personnes grosses à une « douce invisibilisation », la même que celle réservée aux personnes normées.

Vous allez lire ici le témoignage de Shérazade, coach et créatrice digitale.

La grossophobie fait partie de mon quotidien ; elle se manifeste de différentes façons et à plusieurs niveaux.

La grossophobie interpersonnelle se manifeste entre deux personnes ou plus et peut être à l'origine de discriminations, de préjugés et de violences. On parle de micro-agressions ou d'agressions directes lors d'interactions entre une personne grosse et une ou plusieurs autres personnes.

La grossophobie intrapersonnelle se manifeste de soi à soi. C'est lorsqu'une personne grosse porte la charge mentale, que j'appelle la « grosse charge mentale ». Elle va alors anticiper, voire éviter, les situations où elle pourrait subir de la grossophobie et suradapter son comportement et ses tenues, pour se protéger d'éventuelles agressions et micro-agressions.

La personne grosse peut aussi intérioriser la grossophobie, c'est-à-dire qu'elle aura des comportements et des pensées grossophobes envers elle-même, mais aussi parfois vis-à-vis des autres personnes grosses. Souvent, la grossophobie interpersonnelle est totalement inconsciente et se manifeste de manière automatique, parce qu'elle est apprise et acquise depuis notre plus jeune âge. Mais rien n'est figé, tout cela peut se désapprendre !

La grossophobie est structurelle, c'est-à-dire qu'elle est inscrite dans la construction même de notre société. Chaque espace public où un être humain est amené à se mouvoir, à fréquenter d'autres humains, à exister, a été pensé selon des normes grossophobes, validistes et neurotypiques. Cela se voit, par exemple, dans le manque d'accessibilité des transports en commun. Les sièges étant conçus selon une norme mince, une personne grosse ne pourra peut-être pas s'installer dans un fauteuil pour le trajet quotidien qui la mènera à son travail (et je ne parle même pas des personnes en fauteuil roulant, sourdes/malentendantes, malvoyantes/aveugles, neuroatypiques, etc.).

La grossophobie, c'est aussi se rendre chez un spécialiste de l'obésité et ne pas pouvoir s'asseoir dans sa salle d'attente parce que les sièges sont inadaptés à la majorité des corps de sa patientèle.

La grossophobie médicale, c'est se faire refuser l'accès à la PMA parce que notre poids est trop élevé, comme si nous étions trop grosses pour obtenir le permis à la parentalité. Bien sûr, cela ne vaut que pour les femmes ! Aucune remarque n'est jamais faite à l'homme dont l'IMC est tout aussi ou plus élevé que le nôtre.

La grossophobie structurelle, c'est se faire refuser un emploi, un crédit pour l'achat d'un bien immobilier ou encore l'accès aux soins, puisque nos symptômes sont niés sous prétexte que tous nos problèmes de santé proviennent de notre poids.

Je constate un véritable manque d'inclusion de nos problématiques dans le milieu féministe. Cela se manifeste, par exemple, par l'organisation d'ateliers et de conférences sur le corps, sans même nous solliciter, ou uniquement au dernier moment parce qu'une personne non grosse a remarqué qu'il n'y avait pas d'intervenant·es gros·ses. C'est continuer d'organiser des événements « militants/féministes » en présentiel alors qu'on fait face à une pandémie qui touche particulièrement les personnes atteintes d'obésité. C'est ne pas penser les espaces de conférences, de manifestations ou les regroupements pour nous. C'est l'inaccessibilité des toilettes, des sièges/fauteuils/chaises, le manque d'espace entre les meubles, le non-respect de la distanciation sociale, l'omission de gel hydroalcoolique pour que les gens se désinfectent les mains régulièrement, le fait que certaines personnes présentes ne prennent pas la peine de porter des masques et les tests PCR facultatifs pour les intervenant·es.

Le manque d'inclusion, c'est aussi rédiger des tribunes féministes et toujours nous demander de les signer en dernière minute, tout en refusant d'ajouter quelques lignes pour qu'on se sente plus incluses dans la démarche. L'exclusion, c'est organiser des événements parisianocentrés, quand on pourrait imaginer beaucoup d'autres moyens de se réunir avec les outils d'internet.

L'exclusion, c'est relayer les comptes de personnes non grosses qui parlent de *body shaming*, mais ne jamais relayer la parole des personnes grosses quand elles dénoncent la grossophobie. C'est oublier le système qui nous broie et nous tue à petit feu.

Un féminisme inclusif, ce serait déjà soutenir financièrement (via des cagnottes) les personnes grosses militantes, parce qu'elles font partie des populations les plus pauvres/précaires. Globalement, on attend d'un·e bon·ne allié·e des témoignages de soutien ; non pas en invisibilisant les personnes grosses, non pas en parlant des discriminations et des oppressions qu'elles subissent à leur place, mais en écoutant et en relayant leur parole.

C'est reprendre vos proches lorsqu'ils tiennent des propos grossophobes. C'est aussi être dans la bienveillance, non pas seulement avec les gens qui vous ressemblent et/ou vous attirent. C'est être capable de vous remettre en question en vous éduquant sur la grossophobie : lire, écouter, faire vos propres recherches et ne pas attendre de ceux et celles qui subissent les oppressions de vous éduquer.

En bref, libérez-nous de l'espace mental ! Lorsque vous prévoyez une sortie (shopping, bar, restaurant, cinéma) demandez-vous si le lieu est adapté à votre ami·e gros·se. Est-ce qu'il y aura des vêtements à sa taille ? un siège adapté à sa morphologie ? un espace suffisant entre les tables ?

Il y a également un point essentiel à ne pas oublier dans nos luttes, c'est l'intersectionnalité des discriminations que nous pouvons subir dans cette société. Je ne le sais que trop en tant que femme, grosse, racisée, malade et handicapée, qui subit à la fois sexisme, grossophobie, racisme et validisme.

Ressources complémentaires :

- Le compte Instagram de Shérazade : @stopgrossophobie.
- Le compte Instagram @corpscools et @labandedesgros, son second compte, dans lequel elle analyse la grossophobie dans le cinéma.
- Les comptes @luttesdesgrasses, @fatfriendlyasbl et enfin, @l.obese.invisible et @theutoptimist.
- L'ouvrage de Daria Marx, *Gros n'est pas un gros mot*[129], son compte Instagram @dariamarx, et son documentaire intitulé *Daria Marx : ma vie en gros*[130]. Daria Marx est également membre du collectif Gras Politique, @graspolitique.
- Le podcast *la Grosse Parole* qui donne la parole à des personnes grosses.
- L'épisode « Tous grossophobes ! » du documentaire *Place aux gros* sur France Culture.
- Le livre de Gabrielle Deydier, *On ne naît pas grosse*, publié aux Éditions Goutte d'or en 2017. Sa libre adaptation en téléfilm avec Juliette Katz est en cours de production.
- Le documentaire *On achève bien les gros*, coréalisé par Gabrielle Deydier, Valentine Oberti et Laurent Follea, sorti en 2019 et disponible sur le site d'Arte.

129. *Gros n'est pas un gros mot : chroniques d'une discrimination ordinaire*, Daria Marx et Eva Perez-Bello, Librio, 2018.
130. *Daria Marx : ma vie en gros*, Daria Marx, Stéphanie Chevrier et Marie-Christine Gambart, Morgane Production, 2019.

FÉMINISME ET LUTTE POUR LES DROITS DES TRAVAILLEUR·EUSES DU SEXE

De nombreux collectifs et associations féministes sont ouvertement abolitionnistes, c'est-à-dire qu'ils souhaitent et œuvrent pour l'abolition de la prostitution. Tout comme le foulard, le travail du sexe est un sujet de vives tensions et de clivage au sein de la lutte féministe. Or, si l'on considère le féminisme comme un mouvement social pour l'émancipation des personnes sexisé·es, il paraît incohérent et autocentré qu'un groupe de personnes prétende connaître mieux que les personnes concernées elles-mêmes la définition et les moyens de l'émancipation.

FOCUS

Il est nécessaire de rappeler qu'en France, nous sommes sous un **régime abolitionniste :** « Le régime abolitionniste a été inauguré en France par l'adoption de la loi Marthe Richard du 13 avril 1946, puis par la ratification, le 28 juillet 1960, de la Convention de 1949 sur la répression de la traite des êtres humains et de l'exploitation de la prostitution d'autrui. Selon cette position, la France réduit les prostituées au statut de victimes, et dans le même temps à celui d'inadaptées sociales [...]. Ainsi la distinction entre prostitution libre et forcée est abolie au prétexte de "l'entrave à la dignité humaine" que constituerait l'activité prostitutionnelle[131]. »

L'idéologie abolitionniste a des conséquences dévastatrices sur la vie des travailleur·euses du sexe. Elle les enferme dans une stigmatisation permanente, les empêche de lutter pour leurs droits et de défendre leurs choix de vie et, plus grave, rend l'exercice de leur travail encore plus dangereux.

131. « L'abolitionnisme condamne les prostituées à la précarité », Act Up-Paris, *Mouvements*, 2003/4 (n°29), cairn.info (Remarque : cet extrait n'est pas écrit en écriture inclusive car je l'ai repris en l'état, or il ne tient pas compte du fait que le travail du sexe n'a pas de genre.)

Vous allez découvrir ici le témoignage d'Awen|Osmose, travailleur du sexe, millitant·e activiste virtuel et intersectionel sur Instagram (@o.s.m.o.s.e et @assobadboys) et écrivain sur son site « L'Osmose des cendres ».

Les lois actuelles de pénalisation du client et contre le proxénétisme nous tuent et nous maltraitent. Décriminaliser le fait d'être TDS[132] (car l'être n'est pas illégal en France) en criminalisant tout ce qui entoure notre activité est nuisible. Cela ne fera jamais disparaître notre activité, mais la rendra plus clandestine, donc dangereuse. Il est urgent que l'on reconnaisse la lutte pour le droit des TDS comme profondément féministe. Car le fondement du féminisme, c'est l'accès à la liberté, au respect, à l'équité, à la dignité et même à l'épanouissement pour toute personne.

L'aspect central dans tout cela, c'est la liberté de faire ce que nous désirons de notre propre corps. Et en ce sens, quel que soit le milieu dans lequel nous travaillons, et que nous considérions d'ailleurs notre activité comme un travail ou non, les enjeux sont profondément féministes. Dans le cas d'une personne qui subit le travail du sexe et qui souhaite ne plus exercer, il est féministe de faire tout ce qui est en notre pouvoir pour l'aider à en sortir, de la manière dont elle dit avoir besoin qu'on l'aide à en sortir. Dans le cas d'une personne qui souhaite continuer à exercer, il est féministe de lui apporter ce dont elle a besoin, de la manière dont elle dit en avoir besoin. Dans tous les cas, il est féministe de ne pas s'emparer de la réalité des différentes personnes, de les laisser s'exprimer et de les écouter. Au fil des années, de plus en plus de personnes dans le mouvement féministe comprennent qu'essentialiser le travail du sexe n'est pas ce qui mènera à la libération des femmes et des minorités de genre. Il reste néanmoins encore trop de personnes qui ne sont pas assez éduquées sur le sujet et nous espérons qu'une prise de conscience de la pluralité de nos réalités se fera de plus en plus grande. Pour un sentiment de réelle inclusion, nous avons besoin d'un soutien plus concret.

132. « Travailleur·euses du sexe » ou « travail du sexe ».

Nous avons besoin d'urgence que le féminisme et la société arrêtent de diaboliser notre activité et s'attachent à écouter ce que nous vivons en tant que TDS. Nous avons besoin d'être reconnu·es comme conscient·es des réalités que nous vivons. Et il est urgent que certain·es féministes, et que la société en général, arrêtent de fantasmer, de récupérer, d'instrumentaliser nos réalités dans le but de s'en servir pour revendiquer leurs croyances morales. La perception des gens sur le TDS ne doit jamais être plus importante que nos vies et, pour le moment, ce n'est pas le cas. Nous avons d'urgence besoin de lutter contre la transphobie et le validisme d'État qui, dans certains cas, ne laissent pas d'autres choix aux personnes concernées que de travailler dans le TDS. Nous avons aussi d'urgence besoin de lutter pour l'obtention des papiers pour tout le monde.

Ce que nous attendons du mouvement féministe dans son entièreté, et de la société dans son entièreté, c'est d'être considéré·es comme des humain·es à part entière et d'être soutenu·es dans nos luttes. Concrètement, cela peut se traduire par : se renseigner sur le travail des associations qui luttent pour nos droits depuis longtemps sans essentialiser nos activités (comme le STRASS, Acceptess-T, Grisélidis, Cabiria, PDA, Le Bus des femmes, les Roses d'acier, Autres regards, Bad Boys, etc.), amplifier nos voix, nous inviter à parler de nos réalités, ne pas prendre de décisions qui nous concernent sans nous.

En résumé, pour agir pour une meilleure inclusion des TDS au sein des mouvements féministes et dans la société au sens large : ouvrir ses yeux, ses oreilles et son cœur, et bouger son cul.

Exclure, voire diaboliser, les travailleur·euses du sexe au sein même de la lutte féministe n'a pas de sens, puisque cela revient à lutter contre le droit qu'ont les personnes à disposer de leur corps comme elles l'entendent. Si le fait que certaines personnes subissent un travail du sexe forcé est indéniable, cela n'est pas le cas de tout le monde et ne peut donc pas être le point de départ intellectuel d'une lutte qui vise à retirer la liberté à celles et ceux qui souhaitent pratiquer cette activité en conscience. L'abolitionnisme a pour graves conséquences la précarisation et la mise en danger manifeste des personnes, forcées à la prostitution, ou pas. S'inscrire dans la lutte pour les droits des travailleur·euses du sexe n'est pas antinomique avec le fait de lutter contre l'exploitation humaine liée à la prostitution forcées.

Ressources complémentaires :

- Le podcast *la Politique des putes* par Océan, sur Nouvelles écoutes.
- Comptes Instagram à suivre : @pxtainenpetard, @bagarre_erotique et @tan_polyvalence.

FÉMINISME ET LUTTE POUR L'ENVIRONNEMENT : L'ÉCOFÉMINISME

« Pour les écoféministes, patriarcat et crise écologique [...] vont de pair. Pour elles, la nature a été infériorisée et dominée, selon un mode similaire à la domination masculine sur les femmes et à l'infériorisation de celles-ci. [...] Silvia Federici, chercheuse états-unienne d'origine italienne, a donné un point de vue féministe sur la transition entre féodalisme et capitalisme dans son livre *Caliban et la sorcière, Femmes, corps et accumulation primitive*[133]. Selon elle, "la mise en place de ce système économique et politique [signe] leur plus grande défaite historique : on les sort du monde du travail (artisanes, paysannes, médecines...) et on les enferme à la maison pour qu'elles fassent des enfants." C'est l'époque du début du processus de privatisation des biens collectifs (ou biens communs, communaux), du colonialisme et de l'esclavage, sur fond de chasse aux sorcières.
L'exploitation du travail domestique et de soin exercé gratuitement par les femmes, ainsi que les violences sexistes, constituent les bases du système de genre, qui organise la domination et les inégalités[134]. »

L'écoféminisme est un mouvement de pensée né en 1974. Il nous vient de Françoise d'Eaubonne, romancière et féministe, qui utilise ce terme pour la première fois dans son ouvrage *Le Féminisme ou la Mort*[135]. Il peut être défini ainsi : « L'écoféminisme est une pensée dans

133. *Caliban et la sorcière. Femmes, corps et accumulation primitive*, Silvia Federici, Entremonde, 2017.
134. « L'écoféminisme, contre toutes les formes d'oppression », adequations.org, 7 juillet 2019.
135. *Le Féminisme ou la Mort*, Françoise d'Aubonne, le Passager clandestin, 2020.

laquelle se rejoignent écologie et féminisme[136]. » Pour les personnes qui s'inscrivent dans la lutte écoféministe, il existe en effet un parallèle profond entre la discrimination dont sont victimes les personnes identifiées comme femmes et la destruction sauvage de la nature, les deux étant opprimées à la fois par le système patriarcal et par le système capitaliste, qui se nourrissent l'un l'autre.

Aujourd'hui, la nature n'est plus perçue comme un être vivant, comme c'était le cas jusqu'à la Renaissance, mais comme un être passif sur lequel on peut exercer une domination. Cette vision de la Terre revient à encourager la surexploitation des ressources et des matières premières, autrement dit, l'idéologie capitaliste dominante en Occident depuis des années. Le concept de modernité est donc central quand on parle d'écoféminisme, car ses conséquences touchent majoritairement les femmes et les classes défavorisées du monde entier. La modernité, sous couvert de faciliter la vie d'une petite partie de la population mondiale, n'est que la matérialisation de l'ambition dévastatrice des hommes occidentaux et riches. Dans ce cadre, ni les femmes, ni la nature, ni les classes défavorisées ne sont prises en compte.

L'écoféminisme a donc le mérite de questionner la position de toutes les femmes, en incluant celles qui vivent dans les pays du Sud global. Ces pays, qui sont pourtant loin d'être les plus polluants, sont en effet ceux dont les habitant·es seront et sont déjà les principales victimes du réchauffement climatique.

Pour mieux comprendre les interdépendances des luttes que théorise l'écoféminisme, je vous conseille l'épisode 68 du podcast *La Poudre*, dans lequel Lauren Bastide reçoit Vandana Shiva, conférencière, autrice et militante écoféministe indienne. Grâce à cette écoute, on comprend aisément, pour reprendre les mots de Lauren Bastide que « le patriarcat, le colonialisme et le capitalisme sont les trois facettes d'un même système ». Dans sa lutte, Vandana Shiva a réussi, entre autres choses, à faire fermer une usine Coca-Cola qui privait les habitant·es d'eau potable en Inde.

Ainsi, l'écoféminisme serait la voie de celles et ceux qui sont les premières victimes du réchauffement climatiques : les femmes, les classes défavorisées et enfin les indigènes[137]. Ce mouvement est

136. « Qu'est-ce que l'écoféminisme ? », Annabelle Kiéma, consoglobe.com, 12 novembre 2020.
137. Indigène : « Se dit d'une personne qui était implantée dans un pays avant sa colonisation ». (larousse.fr)

vaste, passionnant et complexe, il m'est donc difficile de vous exposer son ampleur de manière exhaustive. S'il me faut choisir, je souhaite vous faire part d'un éveil fondamental qui m'est apparu lors de mes recherches : les mouvements écoféministes mettent en avant le fait que les femmes ont un intérêt supérieur aux hommes dans le domaine écologique. Cette différence, loin de s'appuyer sur l'essentialisation des supposées qualités dites « féminines », viendrait une fois encore de l'éducation. Pour faire simple, les petites filles sont élevées dans la perspective de prendre soin des autres, de témoigner de l'empathie, quand les petits garçons sont encouragés à prendre des risques et à se mettre en compétition, par exemple. En conséquence, les personnes identifiées comme femmes sont donc celles sur qui repose la charge morale dans l'écrasante majorité des cas.

DÉFINITION

Nous pourrions définir la **charge morale** comme étant la charge mentale liée à la responsabilité écologique[138]. Cette charge regroupe plusieurs dimensions : le fait d'apprendre à distinguer les fruits et légumes de saison, de cuisiner des plats faits maison pour ne pas acheter des plats préparés, de prendre l'habitude d'acheter en vrac, de fabriquer soi-même ses produits ménagers pour protéger la planète des pollutions qui en découlent avec les produits traditionnels... Tous ces « petits gestes » quotidiens, également appelés « gestes écoresponsables », prennent énormément de temps. De fait, la charge morale écologique devient une charge supplémentaire, à la fois domestique et mentale, qui pèse directement sur les personnes identifiées comme femmes (comme si on en manquait !).

Tout comme pour les questions domestiques, la majorité des hommes ne prennent pas suffisamment part aux questions environnementales. L'écoféminisme défend ainsi l'idée que les deux combats, écologiste et féministe, sont étroitement liés : la relation de domination nature/humain et homme/femme doit impérativement évoluer pour espérer un changement durable pour la planète.

138. « Charge mentale, charge émotionnelle, charge morale », Alexia Damois, causonsfeminisme.com, 27 mai 2020.

Ressources pour approfondir :

- Les deux épisodes de *Un podcast à soi* sur l'écoféminisme, « Défendre nos territoires » et « Retrouver la terre ».
- Le podcast *Les rencontres de Gaïa* dans son intégralité.
- L'ouvrage *Françoise d'Eaubonne et l'écoféminisme*[139] de Caroline Goldblum.
- Le recueil de textes écoféministes intitulé *Reclaim*[140], choisis et présentés par Émilie Hache.
- L'ouvrage *Être écoféministe : théories et pratiques*, de Jeanne Burgart Goutal[141].
- La page Instagram @ecofeminisme_fr, dont le contenu vulgarise les théories parfois complexes du mouvement écoféministe.
- Un article de *Slate* qui vous permettra d'approfondir la question de la charge morale : « Comment l'impératif écologique aliène les femmes ».

139. ***Françoise d'Eaubonne et l'écoféminisme*, Caroline Goldblum, le Passager clandestin, 2019.**
140. ***Reclaim : recueil de textes écoféministes*, Émilie Hache, Cambourakis, 2016.**
141. ***Être écoféministe : théories et pratiques*, Jeanne Burgart Goutal, l'échappée, 2020.**

FÉMINISME ET LUTTE ANTICAPITALISTE

Un féminisme véritablement inclusif se doit de prendre en compte la condition de toutes les personnes sexisé·es, en respectant les spécificités de leurs vécus et des oppressions subies. Intégrer que chaque être humain se rapproche du féminisme depuis un point de vue singulier, c'est donc admettre que les personnes étant les sujets du féminisme ne se battent pas toutes pour la même chose au même moment.

Pour autant, nous (je m'accorde ce *nous* pour évoquer l'ensemble des personnes sexisé·es ayant à militer pour leurs droits) avons un ennemi commun : le capitalisme.

Cette idéologie est à la racine de toutes les oppressions que nous subissons, puisqu'elle est responsable à la fois de la précarisation des classes populaires, de l'avènement de l'oppression patriarcale, de la colonisation et du colonialisme, et du désastre écologique contemporain.

DÉFINITION

« Le **capitalisme** est un système de production dont les fondements sont l'entreprise privée et la liberté du marché. Il s'agit d'un ensemble d'éléments solidaires dont les relations permettent la production, la répartition et la consommation des richesses indispensables à la vie d'une collectivité humaine. Le capitalisme est à la fois un système économique, mais aussi un type d'organisation sociale. C'est aujourd'hui le système économique dominant dans le monde, qui est à l'origine du phénomène de mondialisation[142]. »

L'ouvrage *Féminisme pour les 99 %*[143] de Cinzia Arruzza, Tithi Bhahachanya et Nancy Fraser, se présente comme un véritable plaidoyer pour la convergence des luttes :

« C'est un manifeste international pour unir les personnes du monde entier autour d'un féminisme qui soit vraiment au service

142. larousse.fr
143. *Féminisme pour les 99 % : un manifeste*, Cinzia Arruza, Tithi Bhattacharya et Nancy Fraser, la Découverte, 2019.

de l'intérêt du plus grand nombre [...] véritable cri de guerre contre le capitalisme qui détruit la planète et asservit les femmes[144]. »

Ce livre démontre parfaitement en quoi et pourquoi le capitalisme est l'ennemi numéro un du féminisme :

« Le patriarcat et le capitalisme sont deux systèmes d'oppression et d'exploitation profondément imbriqués. Premièrement, l'opposition de classe recoupe en grande partie une opposition de sexe : même si dans certains secteurs et pays, des femmesnt accédé à des postes de pouvoir, "une minorité infime de femmes appartient à la classe capitaliste, tandis que la majorité des femmes qui travaillent appartiennent à la classe des prolétaires". Deuxièmement, à l'intérieur de cette classe, elles sont surexploitées, à cause de leur exploitation spécifique en tant que femmes au sein d'un système de production non capitaliste parallèle et antérieur au système capitaliste, et sur lequel ce dernier s'appuie : "le mode de production patriarcal des services domestiques". Le capitalisme croît et se régule notamment grâce au travail domestique gratuit et aux emplois féminins flexibles et sous-payés[145]. »

Le système capitaliste a donc fatalement des conséquences sur la définition même du féminisme. Un féminisme qui ne se réclame pas de l'anticapitalisme est un **féminisme libéral** :

« Le féminisme à la sauce libérale n'émancipe pas toutes les femmes, mais seulement quelques-unes, principalement les 1 % de femmes les plus riches[146]. »

144. *Le Deuxième Texte*, Aude Lorriaux, Nassira El Moaddem et Marie Kirschen, slate.fr.

145. « Féminisme et mouvement antimondialisation », Sabine Masson, *Nouvelles questions féministes*, 2003/3 (Vol. 22), cairn.info.

146. « "Féminisme pour les 99%", le manifeste qui veut un féminisme pour toutes », Aude Lorriaux, slate.fr, 10 mai 2019.

Sans revendications anticapitalistes, le féminisme reste donc une lutte bourgeoise, qui ne remet pas en cause le système de classes sociales sur lequel sont construites nos sociétés. Par exemple, le féminisme libéral va saisir à bras-le-corps les questions des inégalités salariales, mais ne remettra pas en cause le fond du problème, à savoir que les secteurs d'emplois les moins rémunérateurs sont aussi ceux qui sont majoritairement occupés par les femmes. Je pense notamment au domaine du *care*[147] dans lequel, nous l'avons observé plus encore dans le cadre de la crise sanitaire que nous traversons, les postes sont occupés presque exclusivement par des femmes :

- 7 femmes sur 10 chez les agent·es d'entretien
- 9 femmes sur 10 chez les aides-soignant·es
- 9 femmes sur 10 chez les infirmièr·es
- 9 femmes sur 10 préparateur·ices en pharmacie[148]

Au-delà de ce secteur, de manière générale, non seulement les femmes gagnent moins que les hommes lorsqu'elles exercent le même métier, mais surtout elles sont surreprésentées dans les emplois précaires.

« Alors que les femmes constituent près de la moitié de la classe ouvrière dans le monde, lutte des femmes et lutte des classes peuvent se penser ensemble, plus que jamais[149]. »

Pour un féminisme inclusif, qui prenne en considération la variabilité et la singularité des conditions de toutes les femmes et personnes appartenant à des minorités de genre, il est ainsi absolument indispensable de questionner la responsabilité du capitalisme dans les oppressions dont tout le monde est victime.

147. Secteur des emplois consacrés au soin d'autrui.
148. Chiffres INSEE et DARES.
149. « "Lutte des femmes et lutte des classes doivent se penser ensemble", meeting féministe à Tolbiac », Paul Morao, revolutionpermanente.fr, 4 mars 2020. C'est ainsi que Josebine, militante au sein du Comité féministe de Paris 1 et de Du Pain et des Roses, ouvre la réunion.

UN ENNEMI COMMUN FACE À TOUTES LES OPPRESSIONS : LE CAPITALISME

À ce stade de mon livre, il devient complexe de séparer les choses, tant la convergence anticapitaliste des luttes me semble désormais irréfutable. Le capitalisme a des conséquences sur la vie des personnes racisées à cause du colonialisme, qui constitue les marques indélébiles de la colonisation dans notre société. Pour vous aider à mieux comprendre, je vais citer ici la réponse de Samir Amin, économiste politique franco-égyptien, lorsqu'on lui demande si l'âge du colonialisme est révolu :

> **« On peut discuter des termes, mais la réalité reste, c'est-à-dire la surexploitation et le pillage du Sud. À cet égard, comment caractériser l'OMC[150] sinon comme le club des multinationales pour le pillage du tiers-monde, une sorte de superministère mondial des colonies ? S'agit-il vraiment d'une organisation chargée d'organiser le commerce planétaire comme elle se prétend être, ou d'une organisation chargée de défendre les monopoles des pays capitalistes impérialistes en surprotégeant les droits de propriété dits "industriels" et "intellectuels", en établissant une fausse symétrie dans l'ouverture des marchés qui permet de piller les ressources du Sud sans laisser ces pays avoir accès aux marchés du Nord ? J'appelle cela un apartheid à l'échelle mondiale, le prolongement dans le monde d'aujourd'hui du système colonial[151]. »**

Le capitalisme enferme également les personnes identifiées comme femmes dans un rôle prédéfini et est responsable de leur précarisation au sens large, comme je l'ai évoqué dans la partie précédente.

150. OMC : Organisation mondiale du commerce.
151. « Le colonialisme et le capitalisme sont inséparables », interview de Samir Amin, humanite.fr, 14 décembre 2005.

Il a aussi des conséquences lourdes pour les personnes handicapées. Voici une citation d'Odile Maurin, présidente de l'association Handi-Social, conseillère du CESER Occitanie et militante pour la défense des personnes en situation de handicap :

« Notre société est conçue pour des individus valides, plutôt mâles, blancs et bien portants. On vit dans un monde de concurrence. Moi, je n'ai rien contre la compétition dans le sport, mais si elle commence dès la maternelle avec comme finalité d'être un bon petit soldat du capitalisme, alors là elle me dérange. Elle exclut les vieux, les handicapés… Oui, c'est le capitalisme et le libéralisme qui empêchent que les personnes handicapées aient leur place dans la société[152]. »

Cette citation me permet d'élargir le propos au lien entre grossophobie et capitalisme. Dans un article de vice.com intitulé « Sommes-nous tou·tes grossophobes », @corpscools évoque la « nécessité de lutter contre une vision validiste et capitaliste des corps où la valeur et la dignité qu'on leur accorde se mesureraient à leur santé et à leur productivité ». Nos corps sont les outils du capitalisme, ils reçoivent l'injonction sociale de fonctionner pour être productifs au travail, pour toujours mieux le servir. Ainsi, dès l'instant où des corps dysfonctionnent ou ne correspondent pas aux normes, ils ne sont plus considérés comme légitimes à exister.

Les personnes LGBTQIA+ sont aussi les victimes du capitalisme, qui repose sur le système de la famille hétérosexuelle. Les membres de la communauté LGBTQIA+, qui ne s'inscrivent pas nécessairement dans une logique de procréation/reproduction, sont de fait perçu·es comme des entraves à la pérennisation du système capitaliste.

Pour résumer : le capitalisme étant à l'origine de nombreuses oppressions dont les principales victimes sont les femmes et les personnes appartenant à des minorités de genre, il est donc fondamental de retenir qu'il ne peut exister de féminisme capitaliste. Il ne peut pas non plus exister de capitalisme féministe. Il me semble malheureusement

152. « C'est le capitalisme qui exclut les personnes handicapés », interview d'Odile Maurin, gds-ds.org, 13 août 2019.

obligatoire de le préciser, étant donné la quantité de partenariats malhonnêtes que l'on me propose depuis que j'ai ouvert mon compte. On parle alors de « féminisme *washing* », une démarche perfide qui prend aujourd'hui une ampleur considérable. Si vous souhaitez approfondir ce sujet, je vous conseille l'ouvrage de Léa Lejeune, *Féminisme washing*[153], dans lequel elle décortique les mécanismes des marques qui utilisent le féminisme pour s'enrichir. Il est plus que temps que les entreprises cessent de nous prendre pour des idiot·es, en essayant de nous faire croire qu'un slogan féministe écrit sur un t-shirt à un prix alléchant va nous faire oublier l'exploitation humaine qui se cache derrière et l'oppression des femmes. Ce ne sont que de sournois arguments de vente pour toujours plus enrichir le système capitaliste qui nous broie.

Ressources complémentaires :

- *Le Capitalisme patriarcal*[154] de Silvia Federici.
- La conférence « Comment le capitalisme détruit le corps des femmes », diffusée dans *Penser les luttes*.
- L'épisode intitulé « Le travail précaire chez les femmes : quand le capitalisme et le patriarcat se rencontrent », du podcast *Eve et Pandore*.
- L'article « Féminisme, capitalisme et ruses de l'histoire », de Nancy Fraser, sur le site cairn.info
- L'article « "Lutte des femmes et lutte des classes doivent se penser ensemble" Meeting féministe à Tolbiac » de Paul Morao, sur le site de revolutionpermanente.fr.
- Bénédicte, sur son compte Instagram @mellebene, parle d'écologie, de lutte anticapitaliste et de luttes sociales et aide à prendre conscience de l'interdépendance de celles-ci.
- Le collectif Du Pain et des Roses (@du_pain-et_des_roses), qui lutte pour l'émancipation générale dans une perspective anticapitaliste.

Dans le dernier chapitre, j'ai à cœur de vous partager tout ce qui pourra vous aider à vous accepter pleinement, à vous sentir plus libre d'être vous-même, et peut-être, je l'espère, à vous faire gagner du temps sur ce chemin long et complexe qu'est la déconstruction.

153. ***Féminisme washing : quand les entreprises récupèrent la cause des femmes*, Léa Lejeune, Seuil, 2021.**
154. ***Le Capitalisme patriarcal*, Silvia Federci, la Fabrique éditions, 2019.**

04

LES DIX MANTRAS POUR VOUS SENTIR PLEINEMENT LIBRE D'ÊTRE VOUS-MÊME

1 VOUS AVEZ LE DROIT D'ÊTRE EN COLÈRE !

Mettez-vous bien cela dans le crâne. Parce que vous n'êtes pas un homme cisgenre, je ne doute pas, en effet, qu'on vous demandera souvent de vous calmer. Si, en plus, vous avez l'outrecuidance de véhiculer des principes féministes autour de vous, vous ne manquerez pas de vous faire traiter au mieux d'extrémiste, au pire d'hystérique. Il est important de ne pas oublier que nous n'allons jamais trop loin dans nos revendications, que notre colère n'est qu'une réaction légitime face à une société qui n'en fait clairement pas assez pour secouer les mentalités et améliorer nos conditions.

Notre colère est saine aussi, car elle nous donne le courage de prendre la parole en nous sentant légitimes et sans avoir peur. En exprimant nos colères individuelles, nous donnons de l'inspiration et un élan à celles et ceux qui n'oseraient pas prendre la parole. Le féminisme est une lutte, pas une promenade de santé, personne n'a à exiger de vous que vous soyez discrète et calme, surtout après, au bas mot, cent cinquante ans de lutte pour nos droits.

Cette passionnante notion de colère est à rapprocher de la violence hypothétique dont il est question lorsque l'on évoque les mouvements féministes. Gardez toujours à l'esprit cette phrase de Benoîte Groult :

**« Le féminisme n'a jamais tué personne.
Le machisme tue tous les jours. »**

L'autrice Irene, dans son ouvrage *La Terreur féministe*[155], nous partage les histoires de plusieurs femmes qui ont eu recours à la violence en réponse à celle des hommes, des femmes qui n'ont pas eu d'autres choix finalement. Ce livre brillant et nécessaire nous rappelle à chaque instant combien la non-violence est un privilège. Irene dénonce le paradoxe de qualifier d'« extrémistes » les mouvements féministes qui n'ont rien de violents, plutôt que d'admettre et de combattre la violence de la société patriarcale elle-même.

155. *La Terreur féministe, petit éloge du féminisme extrémiste*, Irene, Éditions Divergences, 2021.

On nous reprochera de discréditer la cause, mais on attend toujours de voir les chiffres des conséquences supposées de notre prétendue violence.

N'oubliez donc pas, à chaque fois que l'on vous dira que le féminisme est de plus en plus violent, de demander les preuves de cette criminalité. En général, ça donne beaucoup de blabla qui se conclut par « on ne peut plus rien dire ».

Et si c'était ça, la violence dont il est question ? Il faut dire qu'on les empêche de faire des blagues salaces sous couvert d'humour... Espérons qu'ils s'en remettent !

Pour approfondir cette question et illustrer mon propos, n'hésitez pas à aller lire le post d'@aboutevie, illustratrice de talent sur Instagram, qui s'intitule « Les féministes extrémistes ».

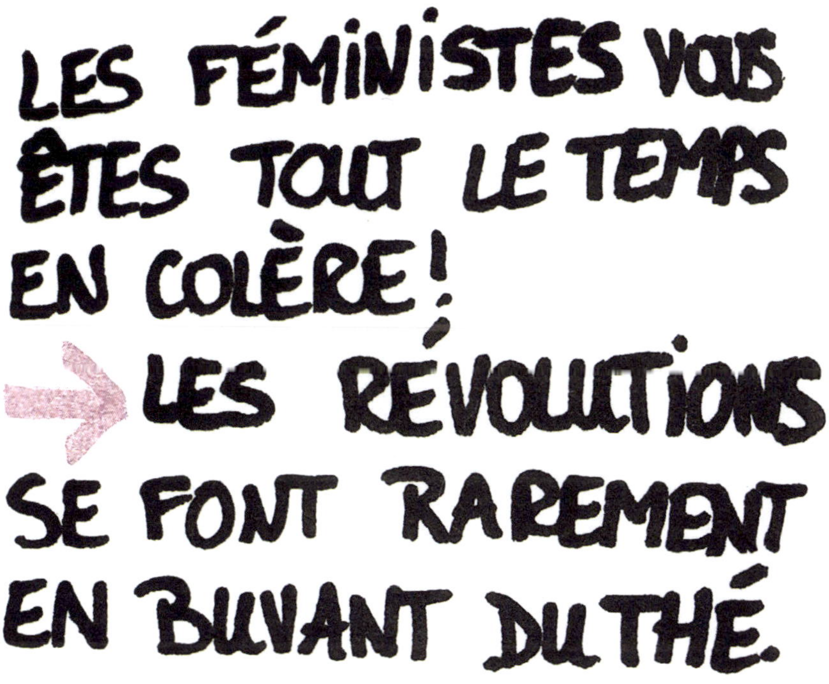

2 VOUS AVEZ LE DROIT DE DIRE « TOUS LES HOMMES »

En février 2020, un grand nombre de militant·es féministes ont subi sur internet une censure sans précédent suite à la publication de la question suivante :

« Comment faire pour que les hommes arrêtent de violer ? »

Posée à l'origine sur le compte de @Melusine_2 sur Twitter, cette question simple et de bonne foi (rappelons que 96,3 % des coupables de viol sont des hommes[156]) a provoqué un véritable tollé sur les différents réseaux sociaux.

Un des principaux reproches était qu'il ne fallait pas dire « les hommes » mais « certains hommes ». La formulation de cette phrase produisait une injustice considérable pour les hommes qui ne violaient pas.

Cette anecdote est utile pour aborder le débat que soulève constamment le fait d'employer « les hommes » dans le combat féministe. Quand je dis « les hommes », je parle du groupe social des hommes cisgenres hétérosexuels. Pourtant, les militant·es féministes font face à des *not all men*[157] de tous côtés.

Je tiens à ce que nous nous penchions sur cette chasse aux mots. Tous les hommes ne violent pas, tous les hommes ne harcèlent pas, ne sont pas des agresseurs, ne commettent pas de féminicides, nous sommes d'accord là-dessus. Cependant, le simple fait que nous ayons comme réaction un #notallmen dès l'instant où nous décrivons notre vécu de victime, montre l'échec de la politisation de la lutte contre les violences que l'on subit.

La seule chose que l'on trouve à nous dire, quand on parle de féminicides, c'est que les femmes tuent aussi parfois.

La seule remarque que l'on juge pertinente de faire quand on explique que les hommes nous font peur en nous suivant dans la rue, en nous harcelant, c'est que tous les hommes ne sont pas comme ça et qu'il existe des hommes bons, qui - BONUS - seraient en plus résolument féministes.

156. sosfemmes.com
157. « Pas tous les hommes » en anglais.

Et alors ? Que fait-on de cette information ? On réduit à néant les témoignages des victimes pour sauver l'honneur des hommes bons ou on accepte de reconnaître socialement et politiquement que les hommes ont des privilèges qui les placent dans une posture facilitante pour tuer, agresser, violer et violenter ? On vous dira peut-être un jour à vous aussi que tous les hommes ne sont pas comme ça. N'hésitez pas à répondre que si, tous, sans exception.

Si vous grincez des dents en lisant « tous les hommes », je vous rassure : j'ai longtemps été de celles qui étaient très mal à l'aise avec cette généralisation. Je me disais que les hommes cisgenres devaient se sentir stigmatisés par cette expression et je cherchais à tout prix à dire les choses autrement, jusqu'au jour où j'ai compris le sens véritable de ce *tous* qu'il m'était inconfortable d'utiliser.

Tous sont par définition dominants au sein du système patriarcal dans lequel nous vivons et tous retirent des privilèges de cette position favorable. Il n'y a aucune exception à cela. Ce phénomène s'accroît encore quand ces derniers sont à la fois cisgenres, hétérosexuels et blancs. Ce que j'écris là n'est pas une idée fantaisiste que je brandis pour justifier ma misandrie, c'est une description du monde tel qu'il est. Tous ont à réaliser l'immensité de leurs privilèges, tous ont à les questionner, tous ont à changer leur rapport au monde. Certains moins que d'autres, certes, et encore heureux, mais nous n'avons pas à changer notre façon de dire les choses, tous les hommes sont concernés. J'ai eu aussi énormément de mal à comprendre le terme **misandrie**, que j'ai jugé extrême pendant des années.

DÉFINITION

La **misandrie** peut se définir comme : « Un sentiment négatif à l'égard de la gente masculine dans son ensemble. Le sentiment négatif en question peut être représenté sous la forme d'un spectre allant de la simple méfiance à l'hostilité, qui se manifeste la plupart du temps par une impatience envers les hommes et un rejet de leur présence dans les cercles féminins. Et quand je dis "à l'égard de la gente masculine", j'englobe dans ce terme tous les hommes cisgenres qui ont été socialisés comme tels et qui jouissent de leurs privilèges masculins sans les remettre en question – ou trop peu[158]. »

158. ***Moi les hommes, je les déteste*****, Pauline Harmange, Le Seuil, 2020.**

Ce que je reprochais à ce mot vous parlera peut-être : j'étais gênée par le fait qu'il dresse une généralité. Il y a deux choses importantes à comprendre. La misandrie n'est pas une oppression, elle est une réaction à une oppression, celle du sexisme. Ensuite, comme il est stipulé dans la définition ci-dessus, la misandrie est un sentiment négatif à l'égard des hommes cisgenres « qui jouissent de leurs privilèges sans les remettre en question ». On comprend donc bien que la misandrie cible un groupe social et non un genre. On a bien compris que certains hommes étaient conscients de leurs privilèges et avaient senti l'urgence d'entamer eux aussi un chemin de déconstruction. Vous n'avez donc pas à craindre ou à culpabiliser de vous dire misandre : ce sentiment est absolument légitime et justifié au sein du monde patriarcal dans lequel nous évoluons.

3 VOUS AVEZ LE DROIT DE MILITER… OU NON !

Que vous descendiez dans la rue pour manifester, que vous colliez des messages sur les murs de votre ville, que vous entamiez une déconstruction et dévoriez des tas de livres féministes, que vous ouvriez un compte Instagram pour diffuser vos idées ou encore que vous soyez simplement celui ou celle qui casse l'ambiance en soirée en prenant la parole pour faire bouger les lignes, vous êtes un·e militant·e, ce que vous faites est précieux. Et même si vous ne faites rien de tout cela, par manque de temps, d'énergie ou de moyens, ne culpabilisez pas ! Ne pas être militant·e ne fait pas de vous un·e moins bon·ne féministe.

Si, un jour, vous souhaitez passer à l'action, je vous conseille vivement la lecture de l'ouvrage de Sarah Constantin et Elvire Duvelle-Charles, illustré par Alise Des : *Clit révolution*[159]. Cet ouvrage est un véritable manuel d'activisme féministe, qui recense toutes les façons de lutter. Car il y a mille façons de faire bouger les choses et c'est ça qui est beau.

159. *Clit révolution : manuel d'activisme féministe*, Sarah Constantin et Elvire Duvelle-Charles, illustrations : Alice Des, des Femmes-Antoinette Fouque, 2020.

4 VOTRE DROIT À EXISTER NE DÉPEND PAS DE VOTRE APPARENCE PHYSIQUE

Si vous êtes une personne identifiée comme femme, vous entendez depuis toujours parler de votre physique. On vous explique qu'il faut souffrir pour être belle parce que c'est important, c'est même ce qui est le plus important. Votre beauté définirait votre valeur. Vous n'avez pas à faire de votre apparence une priorité. Vous n'avez pas à vous conformer aux injonctions liées à la beauté dictées par la société. Si vous peinez à sortir de ces normes, ce n'est pas parce que vous êtes inadéquate, c'est parce que les représentations qu'offre la société sont toujours les mêmes. Vous avez le droit de vous inspirer d'autres modèles sur le chemin de la liberté. Gardez en tête que la déconstruction est un cercle vertueux et que chaque pas que vous ferez pourra potentiellement inciter beaucoup d'autres personnes à se libérer à leur tour. Habillez-vous comme vous voulez, maquillez-vous ou pas, gardez vos poils si vous en avez envie, demandez-vous vraiment ce que *vous* voulez !

5 VOUS AVEZ LE DROIT DE REMETTRE VOTRE ORIENTATION SEXUELLE EN QUESTION

Il n'y a rien de plus sain que de se questionner dans la vie. C'est la preuve que nous ne sommes pas englué·es dans nos certitudes ou dans nos peurs. C'est la preuve que nous sommes en vie face aux manquements sociétaux. Le questionnement est souvent mal perçu, car la société déteste profondément les personnes hors cases. Mais il est indispensable de normaliser cela : le fait de ne pas être sûr·e, le fait d'avoir la conviction aussi que tout peut changer. Cela vous aide vous, mais aussi les personnes autour, à mieux se comprendre. Il n'y a rien de condamnable dans le fait de s'interroger : vous êtes légitime pour tout ce qui vous concerne intimement. En matière d'orientation sexuelle notamment, gardez à l'esprit le poids énorme de l'hétéronormativité dans notre société. Ce présupposé pousse de nombreuses personnes à croire qu'elles sont hétérosexuelles, car les autres orientations ne sont pas considérées comme acceptables. Il est donc possible et compréhensible que, sur le chemin de votre déconstruction, un questionnement concernant votre sexualité émerge.

6 VOUS AVEZ LE DROIT DE QUESTIONNER VOTRE GENRE

Si vous ne vous sentez ni « femme » ni « homme », il se peut que vous soyez non binaire. Personne n'a le droit de nier la manière dont vous vous genrez. Si vous le souhaitez, vous pouvez choisir d'utiliser des pronoms différents de celui qui va de pair avec le genre qui vous a été assigné à la naissance. Votre famille et vos proches s'adapteront, je l'espère, à ce besoin profond que vous avez de vous définir autrement.

7 VOUS N'ÊTES JAMAIS RESPONSABLE DES AGRESSIONS QUE VOUS SUBISSEZ

Encore aujourd'hui, dans la majorité des mentalités, un viol est un crime commis par un inconnu, dans une ruelle sombre, la nuit. Dans ce cadre, quand il y a agression ou viol, on questionnera donc en premier lieu la victime, sans vraiment la regarder comme telle d'ailleurs. Pourquoi était-elle là à cette heure-ci, dans cette rue si peu passante ? Et surtout, que portait-elle ? Avait-elle bu ?

Cette culture du viol omniprésente menace profondément l'intégrité et la vie des victimes de violences sexuelles. La société questionnera quoi qu'il arrive leurs agissements ou non-agissements (par exemple quand la victime n'a pas crié ou ne s'est pas débattue), tentant ainsi de transposer une partie de la culpabilité sur elles.

Vous devez comprendre à quel point le système n'est pas de votre côté. En cas d'agression, il est possible que vous rencontriez des difficultés à être cru·e, voire à pouvoir déposer plainte. Il ne fait nul doute que vous trouverez de l'écoute et du soutien ailleurs, et celui-ci vous portera, quoi qu'il arrive. Mais rien ne sera facile, c'est un combat, c'est notre combat à toutes.

Gardez en tête que vous n'êtes jamais responsable de rien, que vous n'avez à culpabiliser de rien. Du harcèlement de rue, récompense de notre apparente féminité, à l'agression ou au viol. Céder n'est pas consentir et le fait d'être en relation longue ne justifie pas que la personne qui partage votre vie exige de vous du sexe.

8 VOUS POUVEZ FAIRE DU TRI SUR LES RÉSEAUX SOCIAUX

Qu'on le veuille ou non, les réseaux sociaux occupent à l'heure actuelle une place prépondérante dans nos vies. La crise sanitaire que nous traversons à cause du Covid-19 (non, je ne dirai pas *la* Covid, je me refuse à l'idée que, sous prétexte que ce virus provoque le chaos, les hommes de ce monde aient décidé d'en faire un terme féminin !) a encore renforcé ce phénomène.

Avant de parvenir à voir les réseaux comme des outils de choix pour m'aider dans ma déconstruction, ils ont longtemps été pour moi sources de culpabilité et d'anxiété. Nous n'avons pas au départ conscience de l'impact qu'ils peuvent avoir. On a le sentiment que l'on s'abreuve d'images et qu'une fois que l'on a posé notre téléphone, c'est terminé. En réalité, ces applications encouragent les comparaisons entre les personnes. Il faut comprendre qu'il est impossible de gagner sur ce terrain, puisque les photos qui s'y trouvent et les discours qui s'y tiennent sont la plupart du temps brodés, enjolivés, voire inventés pour améliorer la réalité. C'est une histoire qui nous est racontée, rien de plus. Et même en ayant conscience de cela, notre moral peut être atteint.

Je vous encourage donc à être véritablement à l'écoute de ce que vous ressentez quand vous consommez du contenu en ligne. C'est un exercice qui vous permettra de comprendre ce qui vous rend vulnérable. Grâce à cela, vous pourrez faire du tri et suivre uniquement des personnes qui vous procurent des sentiments positifs. Quand ils sont remis à leur juste place, les réseaux deviennent une aide formidable pour gagner confiance en vous. Ils sont redoutablement efficaces pour combler le manque manifeste de représentations dans les médias. Vous y trouverez une diversité de corps, de points de vue, vous y trouverez du vrai, des failles, tout ce dont vous avez besoin finalement pour vous épanouir et comprendre que vous n'êtes pas seul·e dans vos expériences.

9 VOS DOULEURS PHYSIQUES OU MENTALES SONT RÉELLES ET MÉRITENT DES SOLUTIONS

Depuis la fin de ma contraception hormonée, je souffre d'un trouble dysphorique prémenstruel.

DÉFINITION

« Le **trouble dysphorique prémenstruel** est une forme sévère du syndrome prémenstruel (SPM) avec au premier plan des symptômes psychiatriques, survenant durant la dernière semaine de la phase lutéale. [...] Les caractéristiques sont : une humeur dépressive, une anxiété et une labilité émotionnelle marquées, ainsi qu'une diminution de l'intérêt pour les activités de la vie quotidienne[160]. »

J'ai passé quatre années de ma vie à souffrir dans mon coin, à entendre de la part de mon gynécologue que c'était « pour tout le monde pareil » ou, pire encore, que c'était « dans ma tête ». J'ai fini par lui dire un jour, à bout de forces, que je ne parvenais pas à gérer mes contraintes de vie ces jours-là. Sa réponse a été implacable : « Vous n'avez qu'à reprendre la pilule alors ! » Avec cette petite phrase assassine, il me rendait responsable de mes difficultés. Bien sûr, je n'avais qu'à reprendre la pilule, un médicament toxique aux multiples effets secondaires, que j'avais arrêtée volontairement, quand j'avais fait le lien entre nombre de mes problèmes et la pilule, précisément, seule, en faisant des recherches sur internet. Car c'est ça la réalité, les personnes se retrouvent souvent seules face à leurs difficultés. Les douleurs des personnes identifiées comme femmes ne sont pas du tout prises au sérieux dans notre société.

160. revmed.ch

Le meilleur exemple de cela est l'endométriose.

DÉFINITION

« L'**endométriose** est une maladie gynécologique fréquente qui concerne une femme sur dix. Elle est liée à la présence de tissu semblable à la muqueuse utérine en dehors de l'utérus. Différents organes peuvent être touchés. La maladie peut être asymptomatique. Mais dans certains cas, elle provoque des douleurs fortes (notamment au moment des règles) et/ou une infertilité[161]. »

Cette maladie concerne 10 % des personnes ayant un utérus en âge de procréer[162]. Cependant, elle est si peu connue et maîtrisée dans le milieu médical que le diagnostic peut mettre jusqu'à dix ans pour être posé ! Pendant ce temps, les personnes souffrent et entendent qu'« avoir mal au ventre pendant ses règles, c'est normal ». Un grand nombre de personnes ont prédiagnostiqué leur endométriose en lisant des témoignages semblables en ligne.

Les personnes souffrant du SOPK (syndrome des ovaires polykystiques) sont aussi sujettes aux douleurs et rencontrent également des difficultés pour obtenir un diagnostic

J'ai moi-même prédiagnostiqué mon TDPM en découvrant l'une des pages Instagram de Leslye Granaud (@spmtamere). Grâce à son travail, aux témoignages qu'elle relaie, j'ai enfin pu comprendre ce dont je souffrais. Il était temps, j'en étais presque à imaginer que j'avais une pathologie mentale plus grave : j'en venais à ressentir des émotions négatives envers moi-même. Finalement, j'ai eu la chance qu'un diagnostic soit posé par une sage-femme. Ce jour-là a tout simplement changé ma vie et mon rapport à mon corps, comme si l'on se réconciliait.

161. inserm.fr
162. solidarites-sante.gouv.fr

DÉFINITION

« Le **syndrome des ovaires polykystiques** est la maladie hormonale la plus fréquente chez les personnes à utérus en âge de procréer. Il peut entraîner des troubles de la fertilité et de la pilosité (hirsutisme), ainsi que des complications métaboliques (diabète). À ce jour, il n'existe pas de traitement spécifique[163]. »

À travers cette liste non exhaustive, je souhaitais attirer votre attention sur le fait que les maladies spécifiques au corps des personnes ayant un utérus sont souvent méconnues. Depuis toujours, la société discrédite et normalise la douleur des femmes. On commence notre vie avec « il faut souffrir pour être belle », loin d'être anodin, puis on nous martèle qu'« une fois que l'on a accouché et que le bébé est là, la douleur s'en va ». À tous les stades de nos vies, nos douleurs sont niées et banalisées.

Il vous faudra donc peut-être beaucoup de force et de détermination pour vous affirmer et faire entendre votre douleur auprès des médecins. Vous n'êtes pas seul·e, ce que vous vivez n'est pas normal et votre démarche de demander du soin est absolument légitime.

Voici quelques ressources complémentaires :

- Les comptes Instagram @spmtamere et @tdpmetmoi. Leslye et Priscilla y partagent un travail remarquable de vulgarisation sur le SPM et le TDPM.
- @infoendometriose est le compte d'une association qui a pour objectif de « libère[r] les paroles, les créativités et les initiatives pour progresser sur l'Endométriose ».
- Un article complet et détaillé sur le SOPK par le Réseau canadien pour la santé des femmes : « Le syndrome des ovaires polykystiques[164] ».

163. inserm.fr
164. *Ibid.*

10 VOTRE CORPS, VOS CHOIX

Février 2021 : un chanteur entame un slam sur le plateau de l'émission The Voice. En voici un extrait : « Mon fils, je te regarde mais doucement tu disparais. Alors je m'accroche à toi et au rêve que tu étais. Car oui, tu n'es pas né et je ne te verrai jamais. Mon fils, ne m'en veux pas, mais je vais devoir t'avorter. »

D'accord donc, en 2021, on peut venir slamer un texte anti-IVG[165], qui culpabilise explicitement les femmes qui y ont recours, dans une émission de grande audience. Toute la salle était sous le charme, les avis dithyrambiques. Il aura fallu attendre les réactions sur les réseaux sociaux pour lire que ce texte était toxique et dangereux. Cette anecdote illustre bien le tabou, la fragilité du droit à l'IVG. Je parle de fragilité car certes, nous avons la chance d'avoir ce droit en France, mais il va de pair avec une culpabilisation dévastatrice permanente pour les personnes qui y ont eu recours et ça, c'est inacceptable. Le droit à l'IVG en France est un droit récent puisque l'avortement a été dépénalisé par la loi Veil le 17 janvier 1975.

FOCUS

Il y a deux méthodes d'avortement :

- L'une, médicamenteuse, est pratiquée jusqu'à la fin de la cinquième semaine de grossesse (soit sept semaines après le début des dernières règles). En établissement de santé, ce délai peut être prolongé jusqu'à sept semaines de grossesse (soit neuf semaines après la date des dernières règles).
- L'autre, chirurgicale, peut être pratiquée jusqu'à la fin de la douzième semaine de grossesse (soit quatorze semaines après le début des dernières règles)[166].

Dans les deux cas, l'IVG est prise en charge à 100 % par l'assurance maladie.

165. IVG : Interruption volontaire de grossesse.
166. service-public.fr

De nombreuses personnes dans le monde n'ont pas un accès légal ou gratuit à l'IVG. Même en France, il est encore parfois délicat d'avorter en 2021. Cela reste un sujet tabou. Pendant le confinement, par exemple, beaucoup de personnes se sont retrouvées hors délai et n'ont pas pu y avoir recours. Des sites frauduleux comme ivg.net, très bien référencé sur les différents moteurs de recherche, proposent des numéros verts. Au bout du fil, des personnes sont là pour vous faire culpabiliser de cette décision. L'objectif est uniquement de vous faire changer d'avis en vous démontrant à quel point ce que vous faites aura des conséquences dramatiques. Le délit d'entrave à l'IVG est puni par la loi, mais ces sites et pages Facebook ou Instagram flirtent sans complexe avec les limites de la loi. Et malgré le travail acharné des militant·es, ces espaces de harcèlement réapparaissent toujours. Je vous propose de regarder l'interview « On a voulu me dissuader d'avorter » d'Anne-Laure à ce sujet sur Konbini. Elle y détaille les stratagèmes sordides de ces sites frauduleux.

Je souhaitais vivement attirer votre attention sur ces manœuvres malveillantes. Ne laissez personne vous dicter ce que vous devez faire et assurez-vous d'être pris·e en charge par des personnes sûres.

Voici quelques recommandations de ressources sûres :

- Le compte Instagram @parlons_ivg.
- ivginfos.com
- ivg-gouv.fr
- ameli.fr

CONCLUSION

À NOTRE AUBE...

Ce livre se termine ici et débute ainsi pour moi l'espoir fou qu'il aura pu vous apporter autant qu'il m'a bouleversée en l'écrivant. J'espère de tout mon cœur que cet ouvrage vous a procuré de la force et qu'il vous a permis de vous sentir plus légitime que ce que la société essaye de vous faire croire.

J'espère aussi que j'aurai réussi à vous donner envie d'élargir vos recherches et d'approfondir votre féminisme pour le rendre toujours plus bienveillant.

La notion de bienveillance est fondamentale pour moi, c'est une valeur que je défends dans chaque domaine de ma vie, le féminisme ne peut pas en faire abstraction.

Écrire ce livre aura été une aventure incroyable, pas toujours facile à gérer, entre syndrome d'imposture et fierté de me lancer dans ce projet ô combien ambitieux. Il aura été aussi l'occasion d'approfondir encore ma déconstruction, de m'approcher toujours plus de moi-même, d'affiner ma compréhension du monde.

Entreprendre une déconstruction, c'est avancer sur un sol instable, dans un parcours rempli d'obstacles semés par la société, qui nous a gravé un très grand nombre d'idées préconçues dans la tête. Je me suis longtemps dit que ma déconstruction avait un début et une fin. Je l'ai idéalisée, trop simplifiée. Pas un seul instant, je n'avais pris la mesure des arrêts et des détours qui m'attendaient en réalité. À tout questionner, tout repenser, passer au peigne fin cette société qui m'est soudain apparue comme vide de sens, j'ai craint les découvertes et les désillusions que j'allais devoir encaisser.

Aussi tortueuse que puissante, cette épopée permet une introspection que nous n'aurions pas l'opportunité de mener autrement. Elle engendre aussi, et c'est indispensable, une conscientisation de nos privilèges.

Cependant, même si la déconstruction est un sujet qui me tient véritablement à cœur et que j'ai la certitude de sa nécessité, les sujets qu'elle soulève ont le grand défaut d'être essentiellement individualistes. Elle peut aider à mieux vivre au quotidien, à gagner confiance en soi dans notre société patriarcale, mais elle peine à être une démarche fondamentalement politique.

Ainsi, je pense que la déconstruction se doit d'être un moyen et non une fin en soi, pour deux raisons :

- D'abord, elle n'a pas de fin à proprement parler. Personne ne peut et ne pourra jamais au cours de sa vie prétendre être totalement déconstruit·e.
- Ensuite, interroger le sens de ses actions individuelles ne doit en aucun cas faire oublier la responsabilité du système, et l'importance de l'organisation collective, si l'on souhaite changer la société en profondeur.

Pour pouvoir s'organiser, il faut beaucoup de détermination et une fine compréhension du système. En écrivant ces mots, je comprends que j'ai encore tant à apprendre, et que nous avons tout à apprendre du vécu des unes et des uns. Nous devons, si nous le pouvons, nous emparer d'un maximum de savoirs pour lutter efficacement.

Pour pouvoir s'organiser, il faut aussi savoir s'écouter les un·es les autres, dans une bienveillance à toute épreuve. Alors que la société ne nous offre que de la violence et du dédain, nous nous devons du respect, une considération ainsi qu'une compréhension sans compromis.

Cette adelphité n'est pas une option. Elle est la condition *sine qua non* de notre révolution à venir.

Je veux croire que cela est possible.

L'aube, c'est toi, c'est nous, c'est maintenant.

Adelphité,

Noémie

Des comptes Instagram féministes à suivre absolument :

Cette liste n'est pas exhaustive et je n'ai pas rappelé ici les comptes déjà recommandés dans le livre.

- @hysterique_mais_pas_que : le compte de Camille est une pépite de pédagogie.
- @je.suis.une.sorciere : sur son compte, Alice fait un immense travail de vulgarisation des concepts féministes et, cerise sur le gâteau, ses stories sont hilarantes.
- Anna Toumazoff nous fait tantôt rire sur @memespourcoolkids-feministes, tantôt nous révolter via son travail pour expliquer le féminisme aux plus récalcitrants sur @cequeveulentlesfemmes.
- @circe_et_ses_soeurs est un compte de détournement d'œuvres d'art à la sauce féministe, une vraie mine d'or.
- Comme son nom l'indique, @feminisetaculture, nous aide à rééquilibrer notre apport culturel pour le rendre davantage féministe.
- @mecreantes : le compte de Léane recense un contenu pédagogique riche et sourcé. Elle réalise également un podcast disponible sur toutes les plateformes d'écoute, qui porte le même nom que son compte Instagram.
- @withoutpatriarchy est un compte incontournable qui imagine à quoi ressemblerait le monde sans patriarcat.
- @olympereve : Sabrina est autrice et juriste, elle fait un immense travail de recherche avec ses posts pédagogiques, très utiles pour approfondir des problématiques ou des sujets d'actualité féministes. Elle a également créé une gazette mensuelle d'une qualité remarquable.
- @faitsminisme : sa créatrice est également juriste et son contenu est ultra-utile pour répondre aux détracteurs du féminisme d'une part, mais également pour comprendre les différents concepts féministes.
- On ne présente plus le compte de Camille, @jemenbatsleclito, qui lutte contre les tabous de la sexualité des corps perçus comme féminins.
- @endolorix, également présente sur TikTok, fait un travail remarquable sur le *body positivisme*, mais fait aussi de la vulgarisation.
- @margauxbrugvin livre chaque 10, 20 et 30 du mois un portrait d'artiste féminine.

- Les médias féministes : @the_s.i.m.o.n.e.s et @simonemediafr.
- @emohokage, majoritairement présente sur TikTok, fait un travail de vulgarisation énorme.
- @stop.fisha, le compte d'une association féministe qui lutte contre le cybersexisme et les cyberviolences sexistes et sexuelles.

REMERCIEMENTS

À ma famille.

Maman, je te remercie de m'avoir toujours poussée à travailler plus, à étudier davantage et à aller plus loin malgré mes évidentes difficultés. Merci d'avoir vu en moi le potentiel que personne d'autre ne voyait. Surtout pas mes profs.

Papa, je l'ai enfin écrit, ce livre ! Tu m'avais toujours dit que j'y arriverais. Je sais que tu serais fier, même si tu n'aurais pas saisi l'intégralité et la nécessité de mon propos. Je te remercie pour tout l'amour que tu m'as porté, pour le titre de ce livre qui n'aurait pas pu être un autre : je t'ai entendu dire cette phrase tant de fois... J'espère que, de là-haut, tu vois les heures que j'ai passées assise dans ton fauteuil, à ton bureau, à écrire cet ouvrage avec une détermination qui n'aurait pas été la même sans cela.

Manon, merci de me soutenir et d'être une source d'inspiration. Merci de comprendre la révolte qui m'anime.

Mon amour, merci d'être un allié exceptionnel qui m'a toujours soutenue dans ma déconstruction et dans mes recherches. Tu as été le premier à m'offrir un carnet et à m'encourager à écrire et à croire en moi. Merci pour toutes ces soirées à refaire le monde, merci pour ce sentiment merveilleux d'être aimée pour qui je suis et comprise avec une bienveillance qui dépasse tout ce que j'aurais pu espérer.

Mes garçons, merci de m'accorder et de comprendre les heures que je passe enfermée dans mon bureau à écrire. Je vous aime si fort. Valentine, ma cousine de cœur ; merci pour ton soutien, tes encouragements, ta joie communicative, depuis l'annonce de la sortie de ce livre... et depuis toujours.

À mes amies, merci à vous qui comprenez ma détermination sur le chemin du féminisme : Gaëlle, Solène, Céline D. Merci aussi à toi, Céline C. pour ton soutien inconditionnel à distance et tes tirages d'oracles réguliers et empouvoirants !

À mes adelphes des réseaux.

Tal, je te remercie pour le soutien immense que tu me témoignes depuis l'ouverture de mon compte, pour tout ce que j'ai pu apprendre et déconstruire grâce à toi, pour ton soutien dans les moments de doute. Tu as fait infuser en moi un peu de ta révolte et il est certain que cela m'a aidée à comprendre que ma colère était légitime.

Irene, merci pour tout ce que ton travail à fait émerger en moi : la colère, la révolte, la volonté et le courage d'oser.

Charline, je te remercie pour ces mots précieux qui sont toujours tombés à pic dans des moments de ma vie où ils me sont apparus comme de véritables synchronicités. Tu es pour moi un exemple de travail et de détermination.

Cannelle et Annabelle, j'ai tant appris grâce à vous que je ne sais même pas par où commencer ! Merci pour tout ce que j'ai découvert sur le racisme en général et plus spécifiquement sur le racisme environnemental. Merci aussi de parler de santé mentale et d'en faire quelque chose qui existe vraiment. Vous êtes pour moi des exemples de *badassitude*.

Coline, merci pour ta présence, même de loin, pour ton soutien, ta gentillesse et tes mots, qui n'ont eu de cesse de me booster.

Leslye, merci pour tes conseils et pour avoir offert au monde ta vulnérabilité, cela a été très inspirant pour moi.

Muriel, merci pour pour tes conseils avisés et ta patience face à mes angoisses.

Charlie, merci pour nos échanges, pour ta disponibilité, pour la tempête dans mon cerveau lors de nos conversations sur le genre.

Merci aussi à toutes les personnes qui m'ont accordé leur confiance dans le cadre des témoignages que j'ai souhaité recueillir. Une fois encore, j'ai appris et déconstruit grâce à vous. Merci pour ce que vos voix ont apporté à mon livre. Je sais à quel point elles auront de la valeur pour les personnes qui nous liront.

À mon éditrice, Juliette, merci à toi d'avoir cru en mon projet, d'avoir su accueillir toutes mes angoisses aussi nombreuses et insignifiantes soient-elles. Merci de ton aide, de tes encouragements ainsi que pour ta bienveillance à toute épreuve.

À Léna, merci pour tes corrections justes et pertinentes qui ont fait en sorte que mon texte reflète ma pensée dans les moindres détails.

À mes licornes, merci à mes abonné·es Instagram pour chaque like, partage, commentaire ou encore enregistrement, qui ont permis à mes textes d'être visibles. Merci pour vos nombreuses contributions à #mongrandpasféministe, pour tous nos échanges qui ont été une grande source d'inspiration dans ma propre déconstruction. Merci pour votre bienveillance, votre soutien dans mes moments de doute. Je n'aurais pas pu espérer une plus belle communauté. Si ce livre peut être entre vos mains en ce moment, c'est parce que vous m'avez accordé votre confiance et je vous en remercie du fond du cœur.

Je remercie toutes les personnes sexisé·es qui ont pris la parole avant moi, qui la prennent avec moi en ce moment, qui la prendront par la suite, pour tout l'espoir que cela suscite en moi, un espoir vital, qui aide à tenir. Merci aussi à toutes les personnes identifié·es comme femmes qui écrivent, qui décrivent le monde sous un angle nécessaire et qui m'ont donné l'élan de faire quelque chose de beau de ma colère.

Direction : Guillaume Pô
Direction éditoriale : Tatiana Delesalle
Édition : Juliette Magro assistée de Sandra Lefauconnier
Préparation de copie : Léna Buignet
Relecture : Marie-Maud Attig
Direction artistique : Sylvaine Beck
Création graphique : Caroline Soulères
Mise en pages : Charlotte Thomas
Direction de fabrication : Thierry Dubus
Fabrication : Julia Mirenda

www.mangoeditions.com
Instagram @mangoeditions

Dépôt légal : septembre 2021
1re édition
N° d'édition : M21196
ISBN : 978-2-3170-3376-6
Code MDS : MN33766

Achevé d'imprimer en août 2021 par Graphycems en Espagne

Ce livre s'inscrit dans une démarche écoresponsable : il est composé de matériaux issus de forêts bien gérées certifiées FSC® et d'autres sources contrôlées. Cette certification garantit une empreinte carbone réduite et une gestion raisonnée de la forêt, qui maintient la biodiversité et protège les écosystèmes. Il est imprimé avec des encres à base d'huile végétale, c'est-à-dire fabriquées principalement à partir de matières premières renouvelables, sans huiles minérales et biodégradables. Il a été imaginé et conçu en France et imprimé en Europe.

FSC www.fsc.org
MIXTE
Papier issu de sources responsables
FSC® C007507